永遠の放課後

三田誠広

この作品は集英社文庫のために書き下ろされました。

目次

永遠の放課後

第一章　祖父の家はなだらかな丘の上にあった

祖父の家はなだらかな丘の上にあった。目の下に海が広がっていた。風が強く、冬はほとんど毎日、建物全体がきしむような音を立てた。

祖父が生まれたばかりのころは、家は地主で、広大な耕地を所有していたという。敗戦で制度が変わり、ほとんどの土地を失って、家は没落した。

それでも住んでいる家屋は残った。部屋がいくつもある立派な屋敷だった。平屋だったが、屋根裏が物置になっていて、ふだんは使われていない階段があった。

小学生のころ、冒険をする気分で屋根裏に上がってみた。天井の低い小部屋があった。小さな机と本棚が目に入った。机の上には何もなかった。本棚には古い雑誌が並んでいた。父が少年時代を過ごした部屋だった。

父は行方不明だと聞かされていた。どんな人だったのか、何も聞かされてはいなかった。ただ父がこの家で育ったことは知っていたから、これが父の部屋ではないかと思い当たった。

机の横に、ギターが立てかけてあった。テレビで見たことがあったから、楽器だとわかったが、家の中にそんなものがあるとは思いもしなかったので、少し驚いた。

手を触れると、音が響いた。弦は切れていなかったが、調弦されていないし、弾《ひ》き方も知らない。それでも指で弦を弾《はじ》くだけで、澄んだ響きが胸の奥までしみこんできた。

本棚に並んでいた雑誌は、音楽関係のもので、和音《コード》の弾き方が出ていた。六本の弦とフレットがタテヨコの線で示され、そこに黒い丸がついていた。まるでパズルみたいだと思った。どうやら黒丸のところに指を当てて弾けということらしい。子供の小さな手では、弦を押さえるのは大変だったが、コード表のとおりに指を当てると、和音が響いた。

父のギターだった。その家で生まれ育った父が、中学生のころから愛用した楽器で、父もまた本棚にあった雑誌やソングブックで、フォークソングの基礎を学んだのだろう。

父が少しは名の知られたフォーク歌手だということは、中学生になったばかりのころに、祖父から聞かされた。

自分にとっては遠い世界のことだと思った。

祖父は父のことを何も語らなかった。高校で漢文を教える厳格な教師だった祖父は、父が大学を中退して歌手になったことを、喜ばなかったのだろう。しかも成功したのはつかのまで、やがて父は姿を消した。妻と、生まれたばかりのぼくが残された。結局、ぼくは祖父に引き取られた。

たぶん祖父は、ぼくがギターに触れることに、複雑な思いを抱いていたに違いない。ただ、ぼくが屋根裏に上がることを、とがめはしなかった。祖父は無口で、息をひそめるようにして生きていた。

母と祖父との間に、どんな話し合いがあったのか知らない。母は自分が生きていくのにせいいっぱいだったのだろう。母はぼくを捨てた。祖母がまだ元気で、ぼくの世話をしてくれた。

やがて祖母が倒れた。ぼくは祖父と二人きりで生活していた。中学二年の時に、ぼくは母に引き取られた。この時も、どんな話し合いがあったのか、ぼくは知らない。祖父は翌年亡くなった。すでに体調を崩していたのだろう。それとも母が、ぼくの将来のことを考えて、都心の公立中学に転校させたいと申し出たのだろうか。

わずかな荷物は先に送り、ぼくはギターだけをもって列車に乗った。母が駅のホームに迎えに来ていた。ギターを目にして、母は表情をくもらせた。

「弾けるの？」

母が尋ねた。

ぼくは答えなかった。

祖父にも、海辺の家にも、愛着があった。母はぼくにとって、見知らぬ人だった。

タクシーに乗って、母の住まいに向かった。部屋が三つある、都心のマンションにしては広い住まいだったが、祖父の家に比べれば息苦しいほどに狭い場所だった。

自分の部屋が用意されていた。新しい机とベッドが運び込まれていた。送った荷物も届いていた。部屋にギターを置いて、息をついた。

祖父と暮らしていても、会話はほとんどなかった。会話というものが、ぼくは苦手だった。部屋で一人きりになると、ほっとした。けれども、すぐにリビングルームに戻らないといけない。これから夕食になるはずだった。

来客があった。どうやらあらかじめ夕食に招かれていたようだ。

「こちら、綿貫《わたぬき》さん」

母が紹介した。母と同じくらいの年輩の人だった。きれいに刈り込んだヒゲをはやしていた。綿貫さんはぼくの顔をじっと見つめた。

「シャイな目つきが、タケシとそっくりだな」

綿貫さんは笑い声をあげた。がさつな笑い方だった。タケシというのは、父の名前だ。

「綿貫さんは、あなたのパパのお友だちだったから、よく知っているのよ」

母が説明した。

父について、ぼくは何も知らない。知りたくもなかった。

母はあらかじめ料理を用意していたようで、冷たいオードブルがすぐに出てきた。母と綿貫さんはワインを飲んだ。

二人は音楽業界の話をした。母は小さな音楽事務所を経営していた。ミュージシャンやタレントのマネージメントをするプロダクションだった。綿貫さんも業界の人のようだ。少しあとになって、レコード会社のプロデューサーだということがわかった。

ぼくは黙って料理を食べていた。オードブルが終わると、シチューが出てきた。フランスパンが添えられていた。祖父との暮らしでは、夕食にパンを食べるという習慣はなかった。

ワインを何杯か飲むと、綿貫さんの顔が赤くなった。声がしだいに大きくなる。二人の会話がはずんでいるので、ぼくも気持ちが楽になった。大人たちがしゃべっていれば、ぼくは口をきく必要がない。

その後も綿貫さんは、定期的に訪ねてきた。外のレストランで食事をすることもあった。母は綿貫さんに、父親代わりをさせたがっていたようだ。綿貫さんは、時々声が大きくなるし、どことなく無神経な感じがすることもあるが、いい人だということはわかった。でも、ぼくには父親は必要ない。

食事が済むと、綿貫さんがぼくに話しかけた。

「明日から学校に行くんだろう」

ぼくは黙っていた。

話が急に決まったので、学期の途中の転校だった。翌日には、新しい学校に行かなければならなかった。

「まあ、楽しいこともあるさ」

無責任ともとれる軽い口調で、綿貫さんは言った。ワインのボトルが空いたので、綿貫さんはウイスキーを飲み始めていた。

翌日は、母が学校まで送ってくれた。担任の先生に挨拶《あいさつ》して、それから教室に向かった。母とはそこで別れた。

教室に入ると、生徒たちの目が、いっせいにぼくの方に向けられた。担任の指示で、黒板の前の教壇に昇った。

ぼくは唇をかたく結んで、前を向いていた。

海辺の町の中学校でも、親しい友だちはいなかった。それでも、顔見知りくらいはいた。ここでは一人も知り合いがいない。ぼくは心の中で身構えていた。東京という街への恐れもあった。都心の学校はレベルが高く、授業についていけるかどうかも気にかかった。

名前と、これまでの中学校のことは、担任が紹介してくれた。あとは一礼をして自分の席に着くだけでよかったが、ぼくは教壇の上に立ち尽くしていた。

気持ちがひるみそうになっている。このまま黙って教壇を下りたのでは、負けを認めることになる。そう思った。

ぼくは故郷のことを語り始めた。海の見える丘の上に家があったことや、海の眺めや、潮風の心地よさを語った。それからふと思いついて、屋根裏の部屋でギターを見つけた時のことを話した。勉強もスポーツも苦手だけれど、ギターが好きだ。そう言って一礼すると、まばらな拍手が起こった。

話しているうちに気分が落ち着いて、教室の生徒たちのようすが見えるようになった。興味のなさそうな顔つきで聞いている生徒が多かったが、最前列にいる小柄《こがら》な女の子だけは、熱心に耳を傾けていた。ギターの話をした時、女の子の目が輝いた気がした。

放課後、その女の子が話しかけてきた。中島紗英《なかじまさえ》という名前で、学級委員だという。それでわかった。学級委員としての責任感から、ぼくの話に耳を傾けてくれたのだろう。声をかけたのも、ぼくを励ましたいという善意によるものに違いない。イジメとか登校拒否とかが問題になっていた時期だった。担任がそれとなく転校生のようすを見るようにと、学級委員に指示を出していたのかもしれない。

学級委員に選ばれるくらいだから、勉強ができるのだろうが、笑顔がすてきな、可愛い感じの女の子だった。帰る方向が同じだというので、いっしょに帰宅することになった。

「お父さんが転勤になったの？」

紗英が尋ねた。海辺の町の話はしたが、家族のことは話していなかった。

「父はいない」

とぼくが答えると、紗英は声を低くして言った。

「あら、ごめんなさい」

その言い方に、思慮深さが感じられた。ぼくは急に、胸の高鳴りを覚えた。

「いままでは祖父の家にいたのだけど、母のところで暮らすことになったんだ」

ぼくは海辺の町のことをさらに詳しく語った。家までは少し距離があるので、何か話さないわけにはいかなかったし、故郷のことを語るのは楽しかった。

ぼくは自分が帰る道をよく知らなかった。来る時は母がいっしょだった。逆向きに帰るのは初めてだった。

マンションの名前を言うと、紗英が道を教えてくれた。

建物の前まで来て、紗英が言った。

「あなたの部屋まで、ついていっていいかしら。ギターを聴かせてほしいの」

ぼくは驚いた。まだそれほど親しくなったわけじゃない。

でも、もうしばらく、紗英と話していたい気がした。転校生と親しくなり、家庭の悩みなどがないか気遣うのも、学級委員の役目なのだろうか。

「いいけど、母は働いているから、誰もいないよ」

血のつながりのある母だが、ぼくは他人だと思っていた。その他人の家に勝手に客を招いていいのか。少し気になったが、ぼくはこの女の子と知り合いになれるなら、どんなことでもする気になっていた。

それでも、エレベーターに乗り、廊下を進み、マンションの自分の部屋に入るまでは、気づまりを覚えた。女の子とこんな感じで二人きりになった経験がなかったし、海辺の町のことも語り尽くして、適当な話題が見つからなかった。

ギターがぼくを救った。

部屋に入ると、紗英が尋ねた。

「どんな曲を弾くの?」

声がはずんでいた。その言い方で、紗英もギターが好きだということがわかった。

ぼくはギターを手にとった。

「何か弾いて」

紗英が言った。ぼくは弾き始めた。

どの曲を弾くかといったことは、とくに考えなかった。手がひとりでに動いていた。ビー・ジーズの「ファースト・オブ・メイ」。日本では「若葉のころ」というタイトルで歌われている。父の本棚のギター雑誌に楽譜が出ていた。

幼いころ、クリスマスツリーは大きく感じられた……、というフレーズから始まる、静かで切ない曲だ。幼《おさな》なじみの男の子と女の子の、淡い恋が語られる。けれども、やがて二人は別れていく。大人になった少年には、クリスマスツリーは小さく、想い出は遠くに感じられる。

ギター雑誌に出ていた楽譜だから、歌の伴奏ではなく、ギターソロに編曲されている。でも、イントロを弾いた直後に、紗英が、小さな声で曲を口ずさみ始めた。

英語の歌詞を、正確に暗記している。

時が流れ、離ればなれになっても、ぼくたちの愛は永遠だ……。

悲しいフレーズで声が高まり、そこから静かに、曲は結びに向かう。声がとぎれとぎれになり、やがてギターの旋律だけが響く。そういう編曲になっているのだから仕方がないのだが、ぼくには、紗英が感きわまって、声をつまらせたように感じられた。

ギターの演奏が終わると、静けさが訪れた。

不意に、紗英が、クスッと笑った。

ぼくたちはまだ中学生だ。若葉のころを懐かしむ大人ではない。ぼくたちは曲に乗せられて、盛り上がりすぎていたようだ。

ぼくも少し恥ずかしくなって、笑い声をあげた。

このまま永遠に、紗英と曲を演奏し、こんなふうに笑っていたいと思った。

ぼくの幸福は、長くは続かなかった。

「隣のクラスに、杉田《すぎた》くんっていう男の子がいるんだけど……」

いきなり紗英が語り始めた。

「とてもギターの上手な人で、いつもいっしょに練習しているんだけど、あたし、ピーター・ポール&マリーの曲がやりたかったの。いっしょにやらない？」

父が残した楽譜の中にも、ピーター・ポール&マリーの曲はたくさんあった。父が中学生くらいだったころに、世界的にヒットしていた三人組のグループだ。ベトナムやアルジェリアで戦争が続いていた時期に、静かなフォークソングの旋律の中に熱い反戦メッセージをこめた曲を歌っていた。

ぼくは反戦フォークには興味がなかった。誰かとグループを組んで演奏するということも、とくに考えたことはなかった。海辺の中学校では、音楽に興味をもっている生徒が見あたらなかった。ギターは一人で弾くものだと思っていた。

何よりも、紗英に男の友だちがいて、いつもいっしょに練習をしているということに、軽い落胆を感じた。でも考えてみると、音楽が好きな生徒がいっしょに練習するのは、あたりまえのことで、自分がなぜ落胆するのか、理由がわからなかった。

「ねえ、いいでしょ?」

紗英が重ねて問いかけた。

「……いいよ」

ぼくは答えた。せっかく誘ってくれた紗英の申し出を断ることはできなかった。

翌日の昼休み、紗英が杉田を連れてきて紹介した。

杉田春樹《はるき》。背の高い、たくましい体つきの生徒だった。彫りの深い顔立ちをしている。姿全体が輝いている感じがした。

「ギター、うまいんだってな」

杉田が身を乗り出すようにして尋ねた。まぶしいほどの明るさに、ぼくは思わず目を伏せた。

紗英のボーイフレンドに対する警戒心もあった。だが、実際に杉田の自信に満ちた圧倒的な爽《さわ》やかさに接すると、この少年と親友になれたら、という思いがつのってきた。

「ヴォーカルはできるのか」

ほとんど高圧的といってもいい問いかけだった。ぼくはすぐには答えられなかった。歌は好きだったが、人前で歌うのは苦手だ。杉田の問いに、胸を張って、歌は得意だと言いきれたら、どんなにいい気分だろうと思いながら、ぼくは話題をそらせた。

「ヴォーカルは中島さんの担当だろう」

そう言ってぼくは紗英の方に目を向けた。杉田はぼくの顔をまともに見すえて言った。

「サイモン&ガーファンクルをやりたい。おれがサイモンで、おまえがガーファンクルだ」

紗英が笑いだした。

「じゃあ、あたしは何なの？」

「マネージャーにしてやろうか」

杉田はあっさりと言った。言葉は乱暴だが、その言い方には、親しさが感じられた。杉田と紗英は、幼なじみなのだろう。そして、いまでは恋人といっていい関係になっているようだった。

放課後、三人で、杉田の家に向かった。

中学校は都心の便利な地域にあった。周囲にはテレビ局や、レコードスタジオや、深夜に人の集まる繁華街があった。けれども、大通りから一歩はずれると、古い静かな町並みが残っていた。狭い路地があり、老人たちが暮らしていた。

杉田の父は、開業医だった。古ぼけたコンクリートの建物があった。それが診療所で、祖父の代から、そこで開業しているという話だった。住居は診療所に隣接した木造の建物で、こちらもかなり古びたものだった。

杉田の母が出迎えてくれた。

「あら、今日は新しいお友だちね」

明るくて、上品な女性だった。表情と話し方から、母と子の親密な関係が見てとれた。

「転校生だ。ギターがうまいらしい。ちょっと合わせてみる」

「勉強もちゃんとやってね」

笑いながら母が言った。穏やかな言い方だが、その奥に厳しさが感じられた。息子の将来に親は大きな期待を寄せているのだ。

「サイモン&ガーファンクルをやるんだ。英語の勉強だよ」

杉田はぼくを応接間に案内した。壁際にアップライトのピアノがあり、大きな本棚に、文学全集などと並んで、大量の楽譜がつまっていた。豪華なオーディオ装置のわきに、ギターが四つ並んでいる。どれもプラグなどのないアコースティックギターだ。

ネックの幅が狭くスチール弦を張ったフォークギターもあった。

「どれでも好きなものを使っていいよ」

杉田が言った。ぼくは使い慣れたふつうのガットギターを手にとった。杉田は本棚から楽譜を取り出して、譜面台にセットした。

「これをやろう」

開かれたページは、「旧友」(オールド・フレンド)だった。名曲だ。ぼくの好きな曲だった。旋律とコードネームが記されただけの楽譜だったが、CDを聴いて憶《おぼ》えたのか、杉田は流れるようにイントロを弾き始めた。

ギターが響き始めた瞬間、自分よりも技量が上だと感じた。少しくやしかった。ぼくはコードで伴奏をした。

旧友が公園のベンチに座っている。まるでブックエンドのように……。

杉田が歌い始めた。ぼくも控えめに声を合わせた。

かつて親友だった老人が二人、紙くずが風に舞う、世の中から忘れ去られた公園に、ブックエンドのように並んで座っている。いつかぼくたちもそんなふうになるんだろうか。七十歳になるって、どういうことだろう……。そんな思いが静かに語られる。悲しい歌だ。ぼくたちは知り合ったばかりなのに、たちまち数十年を親友として過ごした老人になって、遠い過去を振り返っている。

この曲を一人で演奏していた時には、その静かでもの悲しい旋律に惹《ひ》かれただけだった。ぼくには年老いるまでずっとつきあっていけるような友だちはいなかった。でもいまは、この曲を声を合わせて歌っている。杉田とは会ったばかりだ。まるで運命的な出会いのように、こうして年老いた旧友の歌を歌っている……。

演奏が終わった。しばらくは静けさが続いた。

急に、拍手の音が響いた。かたわらで見守っていた紗英が、声をあげた。

「すてき。二人の声がぴったりハモってたわ」

ラジオで曲を聴いたことはあるが、CDをもっていないので、くりかえし聴いたわけではない。それでも即興で、ぼくは途中から、楽譜より三度ほど高い音程で、ハーモニーをつけていた。

杉田が言った。

「いい声をしてるな」

不思議な気がした。自分が声を出して歌っている。それはぼくにとって初めての体験だった。ギターでコードを弾きながら、祖父に聞こえないように、小声で歌うことはあったが、人前で声を出して歌ったことはなかった。生まれて初めて、歌うということの喜びを、ぼくはかみしめていた。

杉田が楽譜のページをめくった。明日に架ける橋……。

杉田がイントロを弾き始めた。ぼくはコードだけを押さえる。そのまま杉田がリードギターを弾き続けたので、歌はぼくがソロで歌うことになった。英語の発音には自信がなかったが、好きな曲だったので、せいいっぱい歌った。

杉田のギターは正確で、心地よかった。自分の声が、ギターの音と融《と》け合っていく。誰かの伴奏で自分が歌うことがあるとは、想像したこともなかった。

英語は得意ではないが、およその意味はわかる。

きみが疲れ切って、自分がちっぽけなものに思えた時、ぼくがそばにいて、きみの涙をかわかしてあげよう……。そんな歌詞が、胸の中にしみこんでくる。

これは恋の歌なのだろう。そうかもしれないが、歌っているうちに、男同士の友情の歌のように感じられた。

杉田とぼくは、出会ったその日に、親友になった。

海辺の町の中学校では、いっしょに遊ぶような友だちはいなかったから、学校の図書館で本を読むことが多かった。杉田も本が好きだった。ギターの練習のあと、杉田と読んだ本の話をした。そんな時は、紗英は先に家に帰った。

転校した直後に、球技大会があった。男子はサッカー、女子はバレーの、クラス対抗のトーナメントだ。ぼくは補欠としてグラウンド脇にいたけれども、試合には出なかった。初戦の相手は、杉田のクラスだ。杉田はチームのキャプテンで、ミッドフィルダーの中央に位置していた。

杉田は左右に駆け回ってボールを奪った。ドリブルもうまい。ただ味方の選手とのパスがつながらず、得点はなかなか入らない。それでも杉田一人の活躍で、チームは一方的に攻め立てている。

杉田は足が速く、身のこなしも鮮やかだった。専門の訓練を受けたわけではないので、ボールさばきにミスがあったが、ただ走り回るだけで、試合の流れをコントロールしていた。

選手の疲れが目立ち始めたころに、杉田は一人でドリブルしてゴールに迫り、たてつづけにシュートを決めた。たちまち点差が開いた。

ボールが杉田に渡る度に、女の子たちが歓声をあげた。ぼくは気になって、紗英の姿を探した。試合の時間がずれていたので、バレーに出る女の子も、サッカーを観戦していた。ぼくたちのクラスの女の子も、杉田を応援しているようだった。その中に、紗英の姿はなかった。

周囲を見渡すと、少し離れたテニスコートのフェンスのそばに、紗英がぽつんと一人きりでいた。紗英は遠くから、穏やかに試合を見つめていた。とくに杉田に声援を送ることもなかったが、その姿全体から、静かな満足感がにじみ出ていた。

結局、杉田のクラスは優勝した。杉田くらいの技術があれば、サッカー部から勧誘が来るはずだが、あとで聞くと、運動系のクラブ活動は、親が禁じているとのことだった。家が開業医だから、一人息子の杉田は、医学部に入らないといけない。だから、中学のころから勉強することを強《し》いられていた。

ギターを弾くのは、英語の勉強をするというのが建前で、それだけは親も許していたのだ。これまでは、英語の得意な紗英と二人で練習していた。

そこに、ぼくが加わった。

ぼくたちは、ほとんど毎日のように、杉田の家でギターを弾いた。広い応接間がぼくたちの練習スタジオだった。杉田の父は夕方は往診、夜は診察があるから、客が訪ねてくることはなく、応接間はぼくたちが占領していた。

サイモン＆ガーファンクル、ビートルズ、ビー・ジーズなど、男のグループの歌の時は、紗英はそばにいて、ストロークでコードのリズムを刻んでいた。ギターを置いて、聴いているだけのこともあった。それでも音楽が流れている間は、紗英も仲間だという雰囲気があった。

何曲か演奏すると、杉田はギターを放り出した。それが合図のように、紗英は先に帰り、ぼくたちは二人きりで話をした。

杉田の父は読書家で、応接間の本棚だけでなく、奥の書庫にも、文学全集などが並んでいた。学校の図書館よりも充実していたので、ぼくは本を貸してもらっていた。その本の感想を話した。社会問題について話すこともあった。フォークやロック、さらにはクラシック音楽など、話題は尽きなかった。

人生について、真剣に語り合うこともあった。

「おまえ、おやじはいないのか」

杉田はストレートにものを言う。屈託のない言い方なので、ぼくも気を許して、正直に話した。

「どこにいるのか、ぼくは知らない。昔、フォークソングの歌手をやっていたらしい」

「何という名前だ」

「笹森《ささもり》タケシ」

「聞いたことがあるな。確か、『想い出の岬』という曲だろう」

「知っているのか」

「曲は知らないが、歌集に出ているよ」

杉田は部屋の本棚から「懐かしのフォークソング集」という楽譜集を引き出した。

母のマンションのリビングルームにも、同じような楽譜集があった。この種の楽譜集には必ず一曲、父の歌が出ている。かつて恋人と旅行した岬の先端で、失った恋を振り返るという、ありきたりの歌だった。

杉田がページを開いた。

「歌ってみるか」

杉田が言った。ぼくは顔をそむけた。

「歌いたくない」

「それなら、よそう」

杉田はページを閉じた。それから、ぼくの顔を見すえた。

「おまえ、おやじのことを、うらんでいるのか」

「べつに……」

言いかけてから、息をついた。

父のことは、なるべく考えないようにしていた。考えても仕方のないことだと思っていた。杉田に問われて、改めて、考えてみた。

「いないものは仕方がない。祖父の家で海を見て育った。自分にとってはそれでよかったと思っている」

「じゃあ、どうしておやじの歌を歌わない」

「なぜかな」

ぼくは自分の心の内を探った。

「父はヒット曲を一曲しか作れなかった。それで歌手をやめて、放浪の旅に出た。たぶん、悩んでいたのだろう。歌は楽しいもののはずだが、父にとっては、苦しみだったのかもしれない。そう思うと、父の曲を歌う気にはなれない」

「そういうことか。おまえの気持ちはわかる。しかしいつか、おやじの曲を、楽しみながら歌える日が来るかもしれない」

「そうだろうか」

ぼくは杉田が閉じた楽譜集を見つめた。父の曲を楽しみながら歌える日が来るとは、とても思えなかったが、杉田の明るい言い方に、ほんの少し、励まされる気がした。

「父親がいないというのは寂しいだろうが、いるというのも、厄介なものだぜ」

杉田が声の調子を落として言った。何を言い出したのか、すぐには意図がわからなかった。杉田は続けて言った。

「うちは開業医だからな。おれは医学部に入ることが義務づけられている。おれとしては、そんなふうに自分の未来が決められているのは、面白くないんだ」

ぼくから見れば、杉田は恵まれていた。確かに医院の建物は古びているけれども、ちゃんと仕事をしている父親がいて、上品な母親がいて、温かい家庭の雰囲気に包まれている。そんな杉田にも、悩みがあることがわかって、ぼくは急に、親しみを覚えた。

杉田は屈託のない陽気な性格だったが、時として暗い目つきを見せることがあった。本当はデリケートで寂しがり屋なのだと思った。

「おまえはいいよ。自由に生きることができるんだろ」

自分が自由だとは、考えたことがなかった。

結局、杉田は、自分にも悩みがあることを語って、ぼくを励ましてくれたのだろう。一本気な性格だが、細かい心づかいもあわせもっている。それが杉田のいいところだ。主に杉田がしゃべり、ぼくはただ聞いているだけだったが、杉田はぼくを親友として扱ってくれた。杉田は落ち込みそうになるぼくを励ましてくれた。杉田の方が読書量が多かったから、語り合うことで多くのものを学んだ。何よりも、親友がいるということ自体が、ぼくの心の支えになった。

「おまえ、クラスの中では孤立しているだろう」

ある時、杉田がそんなことを言い出した。たぶん、紗英がクラスでのぼくのようすを話したのだろう。

ぼくは言い訳をした。

「転校したばかりだ。田舎《いなか》から来たから、東京の中学生とどんな話をしたらいいか、よくわからないんだ」

「それは違うだろう」

杉田はぼくの顔を見すえて言った。

「おまえは他人を拒否している。人が自分の心の中に踏み込んでくることを恐れているんだ」

思いがけない言葉だった。そんなことは他人に言われたこともないし、自分で考えたこともなかった。だが、言われてみれば、当たっているかもしれないと思われた。

ぼくが黙っていると、杉田は急に声を立てて笑った。

「実は、おれも同じだ」

自分と杉田とが、同じだと言われても、すぐには同意できなかった。杉田は真顔になって言葉を続けた。

「確かにおれは、いつも仲間に囲まれている。だがそれは、おれが明るくふるまっているからだ。クラスのやつらの会話なんて、くだらないものばかりだ。スポーツとマンガの話題、ダジャレ、下品な冗談、それから女の子の噂《うわさ》……、おれはそんなものに興味はない。しかし、クラスのやつらのレベルに合わせて、くだらない冗談を言ってやる。それがまあ、人とつきあう礼儀ってものだろう」

杉田はどことなく寂しい感じのする微笑を浮かべた。

「おまえの方が、正直なんだ」

正直だと言われても、嬉《うれ》しくはなかった。ぼくは口をききたくない時は、黙ったままでいる。かたくななまでに自分を守ろうとするところがある。相手に合わせて会話をとりつくろうのは、杉田の人に対する思いやりであり、やさしさではないだろうか。それは生まれつきでもあるし、恵まれた家庭で育ったからでもあるだろう。ぼくには、思いやりもやさしさもなかった。

「こんな話ができるのも、おまえだけだ」

ぼくを慰め、励まそうとして、杉田はそんなことを言ったのだろう。そして実際に、ぼくは慰められ、励まされた。

杉田はぼくとの二人だけの時間を大切にしていた。紗英と三人で練習をしていても、すぐにギターを投げ出してしまう。幼なじみだという親しさもあるのだろうが、杉田は紗英に対しては、わがままだった。まるで早く帰れとあからさまに態度で示しているみたいな感じだった。

親友と二人きりですごす時間は、ぼくにとっても大切なものだった。でも、紗英が帰り支度を始めると、寂しさを覚えた。もっと長い時間、紗英といっしょにいたい気がした。

杉田とぼくがサイモン&ガーファンクルを演奏している時は、紗英はギターも弾かず、ただ聴いているだけのことが多かった。紗英が聴いていてくれるということが、ぼくにとっては、何よりの喜びだった。人前で歌うのが苦手だったぼくも、紗英がいると、歌うことを楽しめた。

もちろん、紗英をまじえて演奏することも多かった。ピーター・ポール＆マリーの曲をやることもあったが、カーペンターズやアバの曲を、紗英がソロで歌うこともあった。

紗英はいい声をしていた。英語の発音がとてもきれいだった。ギターも、器用でリズム感がよかったから、三人の演奏は、かなりレベルの高いものになった。

ぼくはギターを弾きながら、紗英の声に聴き入っていた。そして、紗英という女の子と出会えた偶然に、感謝せずにはいられなかった。

ぼくはクラスの中で孤立していた。言葉を交わすのは、紗英だけだった。杉田はクラスが違うから、会うのは放課後になってからだ。紗英がいるおかげで、ぼくは学校へ行くことが楽しかった。

紗英には女の子の友だちがいるし、学級委員を務めている人気者だったから、ぼくとばかり話すわけではない。でも、ぼくが一人きりでいると、いつの間にか紗英が近づいてきて、声をかけてくれた。

それでもぼくは、紗英との間に、距離をとるように努めていた。紗英のやさしさに甘えてはいけないと思った。紗英と杉田は幼なじみで、ぼくなどが入り込むすきまがないほどに、親しくつきあっていた。ぼくと杉田は、男同士の友情によって結ばれていたけれども、紗英とぼくとは、友だちともいえないし、個人的につきあっているわけでもない。

彼女は、杉田の恋人なのだ。一定の距離を保たなければならない。

紗英が親しげにぼくに話しかけてくれる度に、ぼくはありがたいとは思いながら、心の中に、バリアのようなものを作っていた。


杉田も紗英も、成績がよかった。地域のトップレベルの都立高校に進学した。

ぼくは、田舎の中学から転校したこともあって、彼らのレベルには追いつけなかった。それでも、母の勧めで受験した、そこそこに有名な私立大学の付属高校に合格できた。その大学は偏差値は高くなかったが、伝統的に軽音楽のクラブが盛んで、有名なミュージシャンを輩出していた。プロになるつもりはなかったけれども、音楽は好きだったから、そのまま進学するつもりでいた。

受験勉強する必要がないのはありがたかった。毎日たっぷりギターを弾くことができたが、以前のように杉田や紗英とギターを演奏することはなくなっていた。

杉田とは、しばらくはつきあっていた。杉田の誘いで、美術館や博物館へ行ったことがある。紗英は誘わなかった。杉田は男だけの時間を大切にしていた。

二年生の後半くらいになると、受験勉強で忙しくなったのか、杉田からの誘いはなくなった。自宅が同じ地域だから、学校からの帰りに偶然に会うことはあった。顔を見れば声をかけ、近況を語り合った。

杉田と紗英は高校でも親しくつきあっているようだった。

高校三年生の時に、地下鉄の駅で杉田と会った。

「ちょっと話をしないか」

杉田が駅の近くの喫茶店に誘った。どことなく厳しい表情をしていた。悩みごとでもあるのかと思った。紗英との間がうまくいかなくなったのかと心配したのだが、そうではなかった。

「おれ、文学部を受験しようと思っている」

コーヒーを一口飲んでから、杉田はいきなり言った。

「医者になるんじゃなかったのか」

ぼくは少し驚いた。中学のころは、杉田の家に毎日のように通っていたから、家庭の雰囲気がわかっていた。杉田の両親は、一人息子が医者になって家業を継ぐものと信じ込んでいた。

「おれもそのつもりでいたけどな」

杉田は息をついた。

「おやじと同じように生きるのだったら、人生の先が見えすぎてしまって、つまらない。おれにはおれの人生があるはずだ」

「中島さんは何と言っている」

ぼくの問いに、杉田は強い口調で答えた。

「紗英に相談する必要はない」

杉田の胸の内には、強い決意があるようだった。紗英とは子供のころから、ずっと親しくつきあってきたのだから、相談くらいしてもいいのではという気もした。そんなぼくの心の内がわかったのか、杉田は弁解するように言った。

「おれの人生だ。おれが決めればいい」

それから、杉田は話題を変えようとしたのか、ぼくに向かって問いかけた。

「おまえ、大学はどうするんだ」

ぼくは自分の人生について、つきつめて考えたことはなかった。杉田は医者の息子で、医者になるように親から期待されていた。だからこそ、そこから逸脱するために、真剣に悩むことになる。ぼくの場合は、父はいないし、母もぼくに何かを期待していたわけではない。どこでもいいから、適当な大学に入れば、親としての責任が果たせると、母は考えているようだった。

「ぼくは付属だから……」

私立の付属高校だから、志望者の多い学部でなければ、そのまま大学に進むことができた。

「そうか」

杉田はそう言っただけだった。とくに軽んじるようすは見せなかったが、自分とはレベルが違うと考えていることは間違いなかった。杉田はさまざまなものに好奇心をもっていて、勉強することをいとわなかった。東大か、一流の私大を受験するのだろう。

ぼくが進学する大学は、名前は知られていたが、偏差値のランクでいえば、一流とはいえない。

杉田とぼくとは、別々の道を進んでいる。いつかはぜんぜんべつの世界で生きることになるのだろう。

でも、杉田とぼくには、二人でサイモン&ガーファンクルを歌った想い出がある。時々はこんなふうに顔を合わせて、昔話をすることもあるだろう。それでいい、と思った。

いまの杉田は悩みをかかえていた。自分の問題で頭がいっぱいだったのだろう。それで逆に、他人のことを考えて気分転換をしたかったのかもしれない。

「笹森、おまえ、夢とか、目標とかはないのか」

ぼくたちは中学生のころ、いろんな話をした。将来のことを話すこともあったが、それは漠然としたものだった。杉田はまだ、親の望みどおり、医学の道に進むことを前提としていたし、ぼくには、具体的な希望は何もなかった。

それから年月が経過した。具体的な希望がないという点では、ぼくは何も変わっていなかった。

「付属高校に入ってしまったからな。とくに勉強をしようという意欲もないし、楽な道を選んでいると思うよ」

「ギターは弾いているのか」

杉田が尋ねた。

高校でも友だちは少なかった。ギターだけが心の支えだった。

「クラシックの曲も弾くようになった。一人でフォークを歌っても、楽しくないからな」

「大学受験が終わったら、またいっしょにやらないか」

杉田が言った。それは心おどる提案だったが、実現しそうもないという気がした。

中学のころは、同じ学校だから、毎日いっしょに帰り、杉田の家で練習した。高校が別々になると、顔を合わす機会もめったになかった。大学でも、同じことになるだろう。

「杉田は、なぜ文学部に行くんだ」

ぼくが問いかけると、杉田はまるでその問いを待ちかまえていたように、心の内を語り始めた。

「おれはおやじを尊敬しているよ。町医者としての職務を果たして、地域に貢献しているし、家庭も円満に維持し、おれを経済的に支えてくれている。でもおれは、おやじのようには生きたくない。おれは自分が何をしたいのかわからないし、自分とは何ものなのかもわからない。とにかく、可能性にチャレンジしたい。安楽な道ではなく、苦しくてもいいから、冒険をしたい。医学部に入って開業医を継ぐといった、決められたレールに乗りたくはないんだ」

「おまえは、小説とか、たくさん読んでいたからな」

「文学部に入るといっても、作家や編集者になるつもりはない。とりあえず英文学をやりたい。英語を勉強していれば、役に立つし、そのうちやりたいことが見つかるだろう」

「政治や経済には興味がないのか」

「わからない。受験に必要だから、社会科の勉強はしている。だからある程度の知識はあるが、深めようとは思わない。商社や銀行には興味がない。大企業に就職するというような形で、自分の未来を限定したくないんだ」

杉田自身も、自分の将来に具体的なビジョンをもてないでいる。けれども、意欲をもって何かに挑戦しようとしている。正直のところ、うらやましいと思った。

「おやじさんは、反対しなかったのか」

ぼくの問いに、杉田はあっさりした口調で言った。

「実は、まだ話していないんだ」

言葉とはうらはらに、それほど困惑したようすはなかった。

「おれが強く主張すれば、おやじは反対しないと思う。しかし、がっかりすることは間違いない。おれは期待を裏切ることになる。そのことがつらい。なかなか言い出せないでいるんだ」

それでも杉田はいつか、屈託のない口調で、父親に真実を告げるだろうと思った。杉田というのは、そういうやつだ。悩んでいるようでも、とことん沈み込むことはない。


数日後のことだった。

地下鉄の駅の階段を上ったところに、紗英がいた。

紗英と会うのも久しぶりだった。近くに住んでいるから、偶然、道で会うこともあったが、軽く声をかけてすれちがうだけで、ゆっくり話をすることはなかった。

その日の紗英は、長い時間、その場所でぼくを待っていたようすだった。避けるわけにもいかない。ぼくたちは並んで道を歩き始めた。

「このあいだ、杉田と会って、話をしたよ」

ぼくの方からきりだした。

「じゃあ、知ってるのね。お父さんと言い争いになったようよ」

それは初耳だった。ぼくと会ったあと、親に話したのだろう。杉田の父親は穏やかそうな人物に見えた。言い争いになったというのは、よほどのショックだったのだろう。

「ぼくと会った時は、これから親に話すということだった」

「明るいふりをしているけど、高校に入ってから、ずっと悩んでいたみたい」

「あいつなら、何とか自分で解決するだろう」

「時々、杉田くんが何を考えているのか、わからなくなるの」

その言葉や声の調子から、紗英も悩んでいることが伝わってきた。

「中島さんは、大学、どうするんだ」

ぼくは話題を転じた。

「あたしは最初から、文学部志望」

「じゃあ、杉田と同じ大学になるかもしれないな」

「彼は国立が第一志望。あたしは私立だけしか受けないから」

杉田が国立大学に合格しなければ、二人は同じ大学に通うことになるのだろう、とぼくは思った。

「杉田は強い意志をもっているし、お父さんも理知的な感じの人だったから、結局は、杉田のやりたいようにさせてくれるんじゃないかな」

紗英を励まそうと思ってそう言ったのだが、思いがけず厳しい言葉が返ってきた。

「それでいいのかしら。あたしは違うと思う」

「どういうことだ」

「杉田くんって、お医者さまに向いていると思うの。ただお父さんの医院を継ぐのがいやなだけ。文学部に入って何をするという目的があるわけじゃないのよ」

紗英の見方は、当たっているかもしれない、と思った。でも先のことはわからない。あとで後悔しないように、杉田が自分で決断するしかない。

紗英はまだ何か言いたそうな気配を見せていたが、ぼくは話を打ち切った。

「杉田は自分で考えるよ。あいつの決断を見守っていればいい」

ぼくのマンションが目の前に迫っていた。母は仕事だから、マンションにはぼくしかいない。誘えば紗英は部屋まで来たかもしれない。近くの喫茶店で話を続けることもできた。でもぼくは、そこで別れた。

紗英といっしょにいると、息苦しさを覚えた。

ぼくは子供のころから、何かに耐えて生きてきた。祖父と暮らしていたから、小学校の参観日に出てくるのも祖父だった。自分にはなぜ父も母もいないのかと考えた。とくに不満をもつことはなかった。不満をもたないようにと、自分に言い聞かせていたのかもしれない。望んでも得られないものを求めても仕方がない。不満をもてば、自分がみじめになるだけだ。何かがほしいと思った時は、息を詰めるようにして、じっと耐えている。耐えることには慣れていた。

初めて会った時から、紗英は親切にしてくれた。感謝の気持ちはある。けれども、紗英のことを考えると、ぼくは息を詰めて、何かに耐えるような気分になった。紗英は最初から、友だちの恋人だった。ぼくにとっては、求めてはならない存在だった。

杉田は結局、父親と和解した。国立大学の受験には失敗したが、浪人せずにすべりどめの私大に進んだ。結果としては、紗英と同じ大学に通うことになった。

ぼくも大学に進んだ。

付属高校から無試験で入ったので、感動はない。高校は大学のそばにあったから、新しい場所に通うという新鮮さもなかった。

それでも時間に束縛された高校と違って、大学には自由があった。それに、大学入学を機に、ぼくにはもっと大きな自由が与えられた。

母が結婚して、マンションから出ていったのだ。

相手はぼくもよく知っている、綿貫さんだった。綿貫さんは最初のころは毎月のように訪ねてきた。同じ音楽業界だし、母と外で会う機会は多いはずだ。綿貫さんがわざわざ自宅に来るのは、ぼくといっしょに食事をするためだ。

最初は父親代わりをさせるという狙《ねら》いがあったのだろう。でも、ぼくは父親を必要としていなかった。そのことが伝わったのか、訪問の回数は減ったけれども、時々はいっしょに食事をした。顔つなぎ、といった意味合いがあったのかもしれない。

母はいずれ綿貫さんと結婚するつもりでいたようだ。親としての責任みたいなものを感じて、ぼくが大学に入るまではと、待っていたのだろう。

母は自分の衣類などをもって、綿貫さんのところに引っ越していった。そういうわけで、ぼくはマンションを一人で自由に使えるようになった。生活に必要なものはすべて揃《そろ》っているし、パソコンもある。母の部屋はそのままにして、ダイニングキッチンと自分の部屋だけを使っていた。学生の住まいとしては、とびきりのぜいたくだ。

母がいると、何かと気詰まりだったし、夜更かしもできなかったが、もはや何も気にせずに、思いのままに生活することができた。

大学の授業にそれほど期待をもっていたわけではないが、心理学のコースを選択することにした。

ぼくは、子供のころの記憶が、ほとんどない。

記憶というものは、何度もくりかえし想い出すことで、定着されるものだと聞いたことがある。家族の会話の中で、過去が語られ、子供のころの自分の姿が両親の口から語られる。それがいつしか、自分の体験として記憶されるのだという。

幼いころに、両親は離婚した。その前後の記憶も、残っていない。ものごころついた時には、ぼくは祖父の家で暮らしていた。

それにしても、小学校に入る前の記憶が、白紙みたいに何もないというのは、奇妙なことだ。過去をわざと忘れようとしたのか。想い出したくない記憶が多くて、過去に目を向けることを避けているうちに、記憶があせてしまったのかもしれない。

心理学を勉強すれば、そのあたりのメカニズムがわかるかもしれないと思った。自分とは何なのかが、ぼくにはわからない。たぶんそれは、答えのない問いだ。それでも、大学で勉強すれば、何かが解明できるかもしれないという、かすかな期待はあった。けれども、一年生の教室では、退屈な基礎の学習が続くばかりだった。ぼくはすぐに、興味を失ってしまった。

学生の多くは、勉強のために大学に入るわけではない。卒業の資格ということもあるが、遊びやクラブ活動が主な目的だ。

高校では、クラブ活動はしなかった。人とつきあうのが苦手で、どうせ友だちはできないだろうと思っていた。教室にいても、息が詰まるような気分でいたから、わざわざ放課後に、クラブに出向く必要はないと思った。

でも、大学は人がたくさんいるから、クラブ活動にも自由な雰囲気があるのではと思った。

軽音楽部という、伝統的なクラブがあった。ジャズ、ロック、フォークなど、軽音楽なら何でもありのサークルだった。クラブの出身者に、プロのミュージシャンが何人かいた。プロデューサーなど、業界関係者はもっと多い。プロになるつもりはないが、いっしょに演奏する仲間ができればと思って、入部の申し込みをした。

入ってみると、楽器の弾き方や、作曲の基礎などを教えてくれる先輩もいたけれども、春と秋の二回、定期演奏会を開くだけで、あとはとくにクラブ全体の活動といったものがあるわけではなかった。部員は大編成のバンドに参加するなり、カルテットやトリオを組むなり、グループを作ってそれぞれに練習する。

サロンと呼ばれる広い部室と、練習のための小さなスタジオがいくつか用意されていた。部員はサロンに来て、仲間を募り、スタジオの予約をとって練習する。春はグループのメンバーが固定されていないので、さかんに組み替えが行われ、新人の一年生が誘われることもあった。でも結局、ぼくには仲間ができなかった。

木造アパートに住んでいる学生は、一人でもスタジオを予約して練習していたが、ぼくは自宅で練習できるので、クラブに出向く意味がなかった。

時々、母から声がかかって、レストランで食事をした。綿貫さんがいっしょだった。

「クラブかサークルに入ったの？」

母が尋ねた。

ほとんど活動していないので、答えるのがためらわれたのだが、黙っているわけにもいかない。

「軽音楽部に登録した」

そう言うと、綿貫さんが、珍しく声を高めた。

「そうか。じゃあ、おれたちの後輩だな」

綿貫さんが同じ大学の出身者だとは知らなかった。おれたち、ということは、母も同じ大学だったのだろうか。ぼくは母についても、何も知らない。

「綿貫さんも軽音楽部だったんですか」

ぼくが尋ねると、綿貫さんは意外そうに言った。

「知らなかったのか。きみのお母さんと、タケシと、おれの三人で、トリオを組んでいたんだ」

初めて聞くことだった。父はソロで歌っていたとばかり思っていた。

綿貫さんが笑い声を立てた。

「おれだって、昔はミュージシャンだったんだ」

綿貫さんがレコード会社のプロデューサーだということは知っていたが、営業から回ってきた人だと思っていた。自分で音楽を演奏する人には見えなかった。

「楽器は何だったんですか」

ぼくは母に対しても、綿貫さんに対しても、自分から話しかけることはめったにないのだが、この時ばかりは、思わず問いかけていた。

「もちろんギターだ。おれたちは三人ともギターが弾けた」

「なぜ演奏をやめたんですか」

不用意な問いだったかもしれない。ギターや歌が好きだった若者が、演奏をやめるというのは、何か事情があったのだろう。

綿貫さんは、笑いながら答えた。

「定期演奏会ってのがあるだろう。あれは先輩の音楽関係者が見に来る、プロへの登竜門だ。おれたちも認められて、レコード会社に呼ばれた。で、デモテープを作ったりして、いよいよデビューという直前に、営業部から横ヤリが入った。三人で売り出すより、タケシをソロとしてデビューさせた方が可能性があるんじゃないかということになったんだ」

「そんなことがあるんですか」

「業界では、よくあることだよ。ビートルズのドラマーが、デビュー直前に変更になった話は聞いたことがあるだろう」

有名な話だ。でも、メンバーの入れ替えではなくて、グループの一人だけをデビューさせるということになれば、あとのメンバーはがっかりするだろう。

ぼくは綿貫さんの顔を見つめた。綿貫さんは、屈託のない表情で言った。

「おれはこのとおり、見ばえがよくないからな。といっておれを抜いてデュオで売り出すと、女の子のファンがつかない。タケシのナイーブでシャイな感じは、ソロで売り出せば人気が出ると会社は見たんだ。それは確かに当たっていた」

「それで綿貫さんはどうしたんですか」

「タケシは一人では何もできないやつだ。おれがマネージャー、きみの母さんが付き人をして、タケシを守ってやった。そのうちおれは、レコード会社とコネができたので、プロデューサーに回った」

綿貫さんや母が、音楽業界で仕事をするようになった経緯が、初めてわかった。この人たちにも、青春時代があった。しかも彼らは、ぼくと同じ大学に通っていたのだ。

ぼくは母の勧めに従って、何も考えずに付属高校を受験した。都心にあって、自宅からも近い学校だったから、とくに迷うこともなく受験したのだが、父や母と同じ大学だとは知らなかった。

べつに親と同じ大学がいやだというわけではない。といって嬉しくもない。事情がわかってしまうと、ぼくは興味を失った。

「それで、グループを組む仲間はできたのか」

綿貫さんが尋ねた。

新入生が入った直後は、グループの組み替えが盛んだったから、ぼくは誘われて練習に参加したこともあったのだが、長続きしなかった。ぼくは誰とでも親しくなれるタイプではなかったし、中学時代の、杉田と紗英と組んだトリオに比べれば、どのグループにも魅力を感じなかった。

「いまのところ、一人で活動するつもりです」

定期演奏会に出演するためには、四年生が審査員を務めるオーディションに合格する必要があったが、ソロでもオーディションに参加することはできる。

「あなた、中学の時、いっしょに演奏する仲間がいたんじゃなかった？」

母が尋ねた。杉田や紗英を母に紹介したことはなかったが、家に帰るのが遅くなるので、杉田の家で練習することは伝えてあった。

「杉田医院のところの男の子と、それから女の子もいっしょじゃなかった？」

そこまで話した記憶はなかった。でも、母も風邪をひいたりすると近くの杉田医院に行く。古いつきあいらしいから、親から話を聞いたのだろう。

「トリオか。その仲間はどうしたんだ」

綿貫さんが好奇心をむきだしにして尋ねた。

「高校が別だったから、それっきりです。大学も違うし……」

この話はしたくなかった。その気持ちが、声の調子に出たのかもしれない。綿貫さんが、それとなく話題を変えてくれた。

「トリオといえば、〝青い風〟というグループがあったな。あいつらも、おれたちの後輩だ」

「人気グループだったのに、惜しいことをしたわね」

話題が移っていったので、ぼくはほっとした気分になった。青い風というグループ名は、聞いたことがあった。市販の楽譜集にも何曲か掲載されていた。曲そのものを聴いたことはない。テレビはニュースくらいしか見ないし、ラジオは聴かない。ぼくは古い曲が好きだ。ヒット曲には興味がなかった。

「ヴォーカルをやっていたやつは、どことなくタケシに似ていた」

「自殺した人？」

「自殺じゃないだろう。リーダーのギタリストが怪我《けが》をしたのは、自殺未遂じゃないかという噂だったが、ヴォーカルが亡くなったのは、車の事故だったはずだ」

母は表情を硬くして、息をついた。

「トリオって、難しいわね」

母はグラスに手を伸ばして、ワインを一気に飲み干した。

ぼくは、杉田と紗英のことを想い浮かべた。確かに、仲間が三人で集まるというのは、どことなく息が詰まるような感じだ。二人の仲がよすぎると、一人はのけものになる。よほど気をつかっていないと、三人の仲間は、長続きさせるのが難しい。


ぼくの生活は単調だった。高校と違って、大学の授業は選択制だから、決まったクラスで行動するわけではない。知り合いが一人もいない教室で授業を受け、誰とも口をきかずに自宅に帰る。ギターを弾く。あとはコンビニで買った簡単な食べ物で栄養をとるだけだ。

自宅のリビングルームには、ブロードバンドの回線でつながったパソコンがあった。母が残していったものだ。自分のＩＤをもっていたから、メールを送ることはできる。大学受験が終わってひまができると、紗英からは毎日のようにメールが来るようになった。

メール機能のある携帯電話もあったが、紗英はいつもパソコンでメールを送ってきた。紗英のメールは、いつも長文だった。文章を書くのが好きなのだろう。日記がわりに、その日あったことや、考えたことを、何もかもぼくに報告するといった感じだった。

紗英が通う私立大学のようすが、具体的に伝わってきた。テニスのサークルに入ったけれども、すぐにやめたということだった。杉田といっしょに、海外からの留学生を支援するサークルにも入っていて、そちらの方が忙しくなったと紗英は伝えてきた。杉田と紗英が、新しい環境の中で、力を合わせて有意義な仕事に取り組んでいるさまが、目に浮かぶ気がした。

紗英がメールを書いてくれることは、自分がまだ忘れられたわけではないとわかって、嬉しかった。

二人がいきいきと活動していることが、文章から伝わってきた。できれば、自分もその場にいたい。けれども、それは許されないことだった。二人は私大の中では最高の難関といわれる受験のハードルを越えて入学したのだ。ぼくのように二流の大学に付属校から進んだわけではない。

二人とぼくの間には、目に見えないバリアが張られている。

以前のように、三人で演奏をすることは、もはや不可能なのだろうか。

大学受験が終わったら、またいっしょにやらないか、という杉田の言葉を想い起こした。とくに期待をしていたわけではない。しかし紗英からのメールで、二人が忙しそうだということがわかると、そのぶん自分の気持ちが落ち込んでいった。

紗英からは、ほとんど毎日メールが来る。こちらからも返信しなければならない。ぼくの方は、報告することは何もなかった。授業は退屈で、クラブ活動にも進展はなかった。時々、綿貫さんの紹介で、音楽イベントの手伝いをした。ステージの設営から、機材の運搬、観客の誘導、後片付けなど、何でもやった。大学で授業を聞くよりも、体を動かして働いている方が、充実感があった。でも結局、ただの肉体労働だ。紗英に語るような仕事ではない。

地方公演にスタッフとして参加することもあった。旅の間は、気が紛れる。東京に帰ってくると、一種の虚脱感にとりつかれる。旅に出ている間は自分に与えられた任務があった。大学の教室では、知り合いはいないし、ぼくは何ものでもない。部室に出向いても、顔見知りがいるだけで、語り合う仲間はいなかった。

何となく居場所もない気がして、すぐに大学を出てしまう。自分のマンションに戻り、一人でギターを弾くしかなかった。

ぼくは作曲を始めた。サイモン&ガーファンクルや、ビー・ジーズや、カーペンターズのスローバラードが好きだった。美しいメロディーと、シンプルな歌詞。暗くはないけれども、少し寂しい。そんな曲を選んで弾いていたのだが、楽譜には限りがある。そのうち、自分で似たような曲を作るようになった。

ぼくの作る歌は昔の名曲の真似《まね》にすぎない。三十年以上も前の流行を追いながら、その当時のムードでコードを奏で、どこかで聴いたことのあるようなメロディーを適当につなげて歌を作った。英語は苦手だから、日本語の歌詞をつけた。曲ができると、紗英に報告した。そんなことしか伝えることがなかった。ぼくの生活は、閉鎖的で、単調だった。

そして、何ごとも起こらないままに、ぼくは三年生になっていた。

第二章　どこかで見たことのある顔だと思った

どこかで見たことのある顔だと思った。

大学構内の木々は若葉におおわれていた。新入生たちでごったがえしていたキャンパスに、落ち着きが戻ってきた。その中を、静かに、車椅子に乗った男が進んでいく。

何ものだろう……。

ぼくは思わず足を止めて、男の姿を目で追っていた。

大学には障害のある学生も少なくなかったから、車椅子を見るのは珍しいことではない。けれども、その男は学生にしては年齢が上だったし、一般人とは違った、高慢といってもいいような落ち着きが感じられた。その顔に見覚えがあった。

女の人が車椅子を押していた。たぶん奥さんなのだろう。年齢からしてもそんな感じだ。美しい人だった。車椅子の男は肥満気味で、美男とはいいがたかった。薄汚い無精ヒゲをはやしていた。

芸能人だな、と思った。

音楽雑誌か何かで、顔を見たのだろう。ぼくはヒットチャートには関心がない。スタッフとして参加したロックのコンサートなどでも、自分が好きになる曲はなかった。スローバラードのいい曲はないかと思って、音楽雑誌や楽譜集を買うことはあるが、楽譜を見て弾いたことのある曲も、実際の演奏をテレビやラジオで聴くことはなかった。何かの拍子に、商店の有線放送などで、楽譜を見たことのある曲を聴き、ああ、こんなアレンジだったのかと思うことがある。テンポが違っているので、ほとんど別の曲に聞こえることもあった。

ぼくは時代遅れの人間だ。それでいいと思っていた。昔の曲が好きだ。好きな曲を、自分で楽しむ。それで充分だった。

一年生のころに、軽音楽部のオーディションに参加したことがある。グループの演奏に比べれば、ソロで歌うのは不利だ。アレンジが単調になるし、ボリュームの点でも負けてしまう。ましてぼくは、時代遅れの寂しい曲しか演奏しない。二度ほど、オーディションに落ちたので、その後はエントリーすることもなくなった。

ただその日は、久しぶりでオーディションを受けることになっていた。四年生の部長から、三年生はラストチャンスだから、ぼくもオーディションを受けるようにと指示が出たのだ。三年の後半になれば、就職活動が始まるので、オーディションや演奏会からは引退する部員が多かった。

　気が進まなかったが、自分で作った曲がたまっていたので、自分の部活動の区切りをつける意味でも、人前で演奏するのもいいだろうと思った。

　オーディションは、本番の演奏会と同じ、体育館に併設された小ホールで実施される。ただしこの日は観客はいない。審査員の四年生が聴くだけだ。ただし、時には先輩のミュージシャンが、ゲスト審査員として招かれることがあった。

　あの車椅子の男は、ゲストのミュージシャンなのだろう。でも、車椅子で演奏活動をしているプロなんているだろうか。

　とくに合格したいと思っていたわけではないので、ゲストの審査員がいようと、どうでもよかった。ただ車椅子を押していた美しい女性のことが、気にかかった。何か奇妙な、独特の雰囲気をもった女性だった。

　オーディションの出場者は、順番が来るまでは、客席で待機することになる。審査員の席は、客席の後方の、一段高くなったギャラリー席に配置されていたから、フロアの客席からはよく見えなかった。

　順番が来て、ぼくはステージに上った。真正面にギャラリー席が見えた。車椅子の男と、付き添いの女性の姿が見えた。

ぼくはギターを弾き始めた。

イントロのあとで、声を出して歌い始めると、男はちらっと女性の方に目を向けた。女性は表情を変えず、じっとぼくを見つめていた。

演奏を終えても、拍手はなかった。


家に戻って、中島紗英にメールを書いた。久しぶりに軽音楽部のオーディションを受けたけれども、たぶん不合格だろう。それだけ書いてしまうと、他に書くべきことはなかった。ぼくのメールは、いつも短い。

折り返し、紗英からメールが来た。たぶん、合格してるよ。そんな気がする。あたしの予感って、当たるんだから。そんなことが書いてあった。紗英のメールにしては、短い便りだった。

紗英の予感は本当に当たっていた。ぼくは合格して、定期演奏会に出演することになった。オーディションでは一曲歌うだけだったが、演奏会の持ち時間は十五分なので、五曲ぐらい用意しないといけない。

曲のストックはあったたし、ふだんから練習しているから、とくに問題はなかったが、余裕をもって弾けるように、念入りに練習した。

演奏会に出たからといって、何かが起こるわけではない。年に一つか二つのグループが、レコード会社に呼ばれてデモテープを作るところくらいまでは行くけれども、ぼくが大学に入ってから二年間の間に、プロデビューしたグループはいなかった。

　定期演奏会に出る常連のグループがいくつかあるので、それ以外の部員にとっては、卒業までに一回でもオーディションに合格して演奏会に出演することが目標だった。もちろん小さなライブハウスを借りて、自主コンサートを開くことはできる。でもそこに来るのは切符を売りつけた自分の知り合いだけだ。先輩の音楽関係者も来る定期演奏会に出演することができれば、学生時代のいい想い出となる。

　そしてみんな、卒業していくのだ。

　まだ三年生になったばかりだから、卒業後のことを真剣に考えていたわけではないが、いずれ卒業したら、生きるために何か仕事を見つけなければならないだろうとは考えていた。音楽イベントのスタッフの仕事なら、多少は慣れているので、続けられそうな気がした。綿貫さんが勤めているレコード会社でアルバイトをしたこともある。営業の仕事は自分に向いていないという気がしたが、裏方の仕事なら、ぼくにもできそうだった。

　アルバイトの仕事で、プロのバンドの演奏をじかに聴くことが多い。音響機器で増幅された演奏は、どれほど技量があるのか、つかみにくい。慣れと勢いだけで、観客を興奮させることもできる。たまに生ギターの演奏を聴くこともあるが、クラシックやフラメンコのアーティストは別として、軽音楽の分野では、プロのミュージシャンといっても、自分が追いつけないほどの技量があるとは思えなかった。

定期演奏会の当日になった。この催しは学生にも人気があるので、客席はほぼ埋まっていた。こんな大勢の観客の前で演奏するのは初めての体験だった。でも、自分の好きな曲を聴いてもらえるということが嬉しかった。とくに緊張を意識することもなく、五曲を弾き終えた。

立ち上がると、静かだった客席から、急に拍手が沸き起こった。好意的な、かなり熱のこもった拍手だった。それで気持ちが緩《ゆる》んだ。それまでは、気がつかないうちに、少し緊張していたのだろう。いままで見えなかった観客の顔が見えるようになった。歓声に応えながら、二度、三度と頭を下げた。その合間に、観客席を見回した。

中央の招待席に、あの車椅子の男の姿が見えた。女性の顔も見える。この二人が、オーディションでぼくを推してくれたのではないかと思った。男の横にも、業界人と思われる年輩の男たちがいた。彼らも、熱心に拍手を送ってくれていた。

舞台の袖《そで》に引き上げると、クラブの部長が声をかけてきた。

「よかったな。これまでいちばん拍手が大きかったぞ」

それから、声をひそめて部長は言った。

「帰らないでくれよ。あとで事務所の人を紹介する」

どういう事務所の人なのか、説明はなかった。この定期演奏会には、先輩の音楽関係者を招待することになっているから、あとで挨拶《あいさつ》しろということなのだろう。アルバイトで業界と関わっていたし、自分の母親が音楽事務所を経営しているから、業界人というものに、およその見当はついた。

演奏会が終了すると、出演者は出口の前に並んで、帰途に就く観客に挨拶をすることになっていた。招待した友人知人から花束などを受け取るグループもあったが、ぼくは誰も招待していなかった。観客の波が通り過ぎてから、車椅子の男が姿を見せた。

男はぼくを見つめていた。しかし声をかけるわけでもなく、表情を変えずにぼくの前を通り過ぎた。車椅子を押す女性も、まるで視線を交わすことを避けているかのように、まっすぐ前を向いて進んでいった。

そのすぐ後ろにいた背の低い年輩の男が、ぼくに声をかけた。

「すてきな演奏だったよ。ちょっと話を聞いてくれないかな」

男は名刺を差し出した。

柳原圭吾《やなぎはらけいご》。会社の名前も柳原企画というものだったから、社長なのだろう。

「これから打ち上げか何かあるのか」

グループによっては、招待した人たちといっしょに打ち上げをやる場合もある。そうでない出演者は、演奏会のスタッフといっしょに、クラブの飲み会に出ることになっていた。ぼくも案内をもらっていたけれども、出席するつもりはなかった。

「このまま帰るつもりでしたけど」

「だったら、おれとつきあってくれ」

柳原は先に立って歩き出した。校門を出たところでタクシーを拾い、繁華街に向かった。業界人がよく行く、大通りから少しはずれた、深夜になると急に賑《にぎ》やかになるゾーンだった。ぼくのマンションへも歩いて帰れるくらいの場所だ。

まだ宵の口なので、人通りは少なかった。集合ビルの二階にある、会員制クラブという表示の出ている店に入った。店の中もがらんとしていた。ホテルのラウンジのような椅子の配置で、蝶《ちょう》ネクタイをした店員が席に案内してくれた。

「酒、飲めるだろう」

「少しなら」

「とりあえずビールだな」

柳原は勝手にビールとつまみを注文した。綿貫さんと同じような、押しの強い、やや無神経な感じの人だと思った。

「用件を言おう。青い風ってグループ、知ってるか」

ビールを一口飲むと、柳原は切り出した。

グループの名は、聞いたことがあった。綿貫さんや母が語っていた。ヴォーカルが事故死したという三人組のグループだ。

その後、気をつけて雑誌や楽譜集を見ていると、青い風の作品が目についた。楽譜だけだから正確にはわからないが、スローバラードふうのいい曲だった。何曲か、歌ってみたことがある。コードネームがついたメロディーだけの楽譜だから、自分で適当にアレンジしてギターの伴奏を弾いた。イントロなんかも勝手に作ってしまった。

「演奏を聴いたことはありませんが、曲はいくつか知ってます。楽譜で見ました」

「どう思う?」

「いい曲です。好きですね」

「よし。それで決まりだ」

柳原はグラスを持ち上げ、残ったビールを一気に飲み干した。何が決まったのかわからないまま、ぼくもビールを飲み干した。

「今夜は祝いの酒だ。ドンペリをあけよう」

柳原は店員を呼んで、シャンパンを注文した。

ポン、と音を立てて、栓が抜かれた。

不安というほどではないが、何か厄介なことに巻き込まれるのではないかという気がした。

「乾杯」

柳原はうまそうに酒を飲み干した。

「ぼくは何をすればいいんですか」

自分のグラスをあけてから、ぼくは尋ねた。

「急ぐな。もうちょっと飲んでからだ」

柳原はボトルをもってぼくのグラスに注《つ》ぎ、それから自分のグラスに、やや多めに注いだ。

「ヴォーカルの星《ほし》ケンが事故死したことは知っているかな。その直後に、リードギターの築地達也《つきじたつや》も事故に遭った。幸い命はとりとめたが、足が不自由になった」

それでやっとわかった。

あの車椅子の男は、青い風の築地達也だ。確か作詞作曲も築地が担当していたはずだった。自分では歌わないが、グループのリーダーだったのだろう。車椅子を押していたのは、三人組のもう一人の、女声ヴォーカルではないだろうか。

「今年は星ケンの七回忌だ。同時に、青い風のプロデビューから十年目にもあたる。築地の曲はいまでも売れているし、演奏活動を望む声も多い。かなりのファンがいるはずなんだ」

柳原はグラスの酒を飲み干し、自分のグラスだけに注いで、そのグラスを持ち上げた。

「そこでデビュー十周年に合わせて、復活ライブをやることになった。乾杯」

「でも、ヴォーカルの人は、亡くなったんでしょ」

「それだけじゃない。リードギターの築地も、左半身が麻痺《まひ》しているので、ギターは弾けない」

シーズー犬みたいなクシャッとした顔立ちの柳原の目の下のあたりが、ほんのりと赤くなっていた。何となく悪い予感がした。

「そこでだ。きみに頼みがある」

ぼくは黙って、柳原の次の言葉を待ち受けた。

「きみがギターを弾きながら、ヴォーカルも担当してくれ」

「無理ですよ」

とぼくは言った。

「なぜだ」

柳原はぼくの顔をのぞきこんだ。

「ぼくは素人《しろうと》です」

「今日からプロだ。おれが金を払う」

「でも……」

ぼくは言葉につまった。急な話なので驚いたことは確かだ。死んだ人間の代役というのも、気持ちのよいものではない。何よりも、プロで活躍したグループの中に、いきなり自分が加わって、うまくいくはずはないと思われた。

「青い風の曲って、楽譜で見たことがあるだけで、よく知らないんです」

「ライブでは女声ヴォーカルの曲を山場に置く。ただ曲の数としては星ケンがソロで歌った曲の方が多い。というか、ほとんどが星ケンの曲だ。まあ、いまから練習すれば何とかなるだろう」

「どんなに練習したって、同じようには歌えませんよ」

「だいたいでいいんだ」

「無理です」

「なぜ無理なんだ。女の子のアイドルグループだって、時々メンバーチェンジをする。中学生くらいの女の子が、いきなりメンバーになって、すべての曲を振り付けまで全部憶えるんだ。すごいことだろう。きみは踊らなくていいからまだましだ」

この男と論争しても仕方がない。ぼくは反論せずに、ひたすら黙り込んでいた。

柳原は急に困惑した表情になった。

「きみのオーケーがとれないと、おれの立場がない。築地達也から、何としてもきみの承諾を得るようにと言われているんだ」

　オーディションの時に見かけた、築地の姿を想い浮かべた。演奏会に出演できたのは、築地の推薦があったからだろう。でも、なぜぼくなのだろうか。

　ぼくの無言の問いに答えるように、柳原が言った。

「きみの声も、歌い方も、星ケンに似ているんだよ」

「ぼくは、その人のコピーですか」

「これは人助けなんだ」

　柳原は真剣なまなざしで、ぼくの顔を見つめた。

「星ケンの事故のショックで、残った二人の胸にも傷が残った。いまだに二人ともその傷を引きずっている。このままではあいつらはダメになる。復活ライブは、二人が立ち直るラストチャンスなんだ」

　人助けだと言われると、むげに断ることもためらわれた。ぼくは車椅子を押していた女性のことを想い浮かべた。

「女声ヴォーカルのヒミコも、きみのことが気に入っている。彼女はもともと、笹森タケシのファンだったんだ」

　ここで父の名が出てくるとは思わなかった。ぼくが黙っていると、柳原はたたみかけるように言った。

「きみのことを紹介してくれたのは、きみもよく知っている綿貫さんだ。それで築地とヒミコがオーディションを見に行った。復活ライブのプランを具体的に考え始めたのはそれからだ。すべてはきみの存在から始まったんだ」

クラブの部長が、ぼくにオーディションに出るように強く勧めたわけも、それでわかった。綿貫さんが関わっているとすれば、母も承知しているのだろうか。

「とにかく一度、二人と会ってみてくれないかな。彼らの人柄を見て、きみが判断してくれればいい」

そんなふうに言われると、断りきれない。後日、二人と会うことを約束させられた。別れ際に、柳原はバッグの中から、大きな封筒を取りだした。

「資料だ。気が向いたら聴いてみてくれ」

中には青い風のCDと楽譜が入っていた。

帰宅して、パソコンを起動させた。紗英からメールが届いていた。いつもと同じ、日記みたいなことが書いてあった。とくに目新しい内容ではなかった。

ぼくの方は、思いがけない出来事があった。報告すべきなのかもしれない。返信のアイコンをクリックしてから、しばらくの間、迷っていた。

オーディションに合格したことは報告したが、その後のことは何も伝えていなかった。演奏会の日時も知らせなかった。紗英の生活を乱したくなかった。結局、今日のことも報告しないことにした。ぼくと紗英は、別々の道を歩もうとしている。いつものように、ただ紗英からのメールを読んだ感想だけを返信した。

もらったCDを聴いてみた。

キレのあるリードギターが印象に残った。ヴォーカルの星ケンの歌は、声量がなく、音程も不安定だったが、シンプルなメロディーなので、どうにか歌いこなしていた。繊細な感じの、独特の雰囲気をもっている。

それよりも驚いたのは、女声ヴォーカルだった。ビブラートのかからない硬質の声が、強く響く。透明で詩的な感じの歌い方が、とくに技巧的でもない築地の曲に、神秘的といってもいいような魅力を与えていた。

ポップな曲ではない。ぼく自身、このグループのことはよく知らなかった。でも一部に熱狂的なファンがいそうなサウンドだ。マイナーではあるが、根強い人気があるのだろうと思った。

渡された楽譜はメロディーとコードネームだけのシンプルなもので、リードギターのパートはなかった。CDを聴いたので、演奏はできる。ぼくはギターを手にとった。

CDではオーケストラがダビングされた曲もあったし、ドラムが入っているものもあった。ジャケットの写真を見ると、女声ヴォーカルのヒミコが、キーボードを弾いていた。築地はギターは弾けなくなったということだが、実際のステージでは、サポートのミュージシャンが入るはずだ。

問題は歌だ。どう歌えばいいかわからなかった。とりあえず、リードギターのパートだけを練習しておくことにした。

数日後、ぼくは柳原社長の案内で、近くのレコード会社に向かった。スタジオが予約されていて、築地達也とヒミコが、楽器を準備して待っていた。築地は車椅子から降りて、シンセサイザーの前の椅子に座っていた。シンセでギターの音を出して、サイドギターのパートを演奏するつもりらしい。ヒミコの前にも小さなキーボードが用意されている。

ぼくがスタジオの中に入ると、築地は鋭い目つきでぼくを見つめた。値踏みをするような、ぶしつけなまなざしだった。ヒミコは表情をまったく変えなかった。ぼくの方に顔を向けてはいたが、何も見ていないのかもしれない。目つきがどことなくおかしかった。

ぼくはスタジオの中を見回した。数人のスタッフが、楽器と機械の配線をチェックしていた。調整室には、ミキシングのスタッフが待機している。

話をするだけだと思っていたのに、デモテープを録音する段取りができていた。挨拶もそこそこに、ぼくはギターをもってマイクの前に立たされた。

「マイクの調整をするから、適当に何か演奏してくれ」

調整室に入った柳原からの指示で、ぼくはギターを鳴らし始めた。

青い風の曲だった。イントロが終わりそうになり、スタジオとの間を隔てた厚いガラス窓の向こうの柳原を見ると、手を振って続けろという合図を出したので、ぼくは歌い始めた。

「よーし、いい感じだ」

柳原の声が響いた。演奏を止めると、すぐ横にいる築地が声をあげた。

「星ケンの真似をする必要はない。もっと声が出せるだろう」

「いいんですか」

「コピーバンドじゃないんだ。青い風の曲を、新しいグループがカバーして歌うと考えてくれ。星ケンのことは忘れて、きみの個性を出してほしい」

そう言ってから、築地はヒミコの方に顔を向けた。

「それでいいな」

ヒミコは答えなかった。築地の声が耳に入らなかったかのように、キーボードの上に手を置いたまま、どこか遠くの方を見つめていた。

「他に何が弾ける？」

築地は急にぼくの方に振り向いて、問いかけた。

ぼくは練習した曲を何曲か挙げた。

「それだけあれば充分だ」

築地は満足そうに言った。

「コンサートの企画は通っているし、会場も押さえてある。ただタイアップするテレビ局の会議を通す必要があるんだ。そのためのデモテープだから、三曲ほどやればいいだろう。楽器の編成が違うので、アレンジを少し変えた。おい、楽譜をセットしてくれ」

築地がそばにいたスタッフに声をかけた。譜面台がセットされた。手書きの楽譜だ。イントロのリードギターの旋律に目をやった。イントロや間奏の部分はCDで聴いたメロディーと同じなので、初見で弾けそうだった。歌っている間は、ギターで複雑な旋律を弾かなくてもいいように変更されていた。

楽譜には、キーボードの和音の他に、ベースの旋律と打楽器のリズムが書き込んであった。その部分は築地がシンセサイザーで弾くのだろう。築地の不自由な左手は、シンセサイザーのスイッチ程度なら操作できるようだった。

「テープを回す前に、一度、練習してみよう」

築地がシンセサイザーを操作した。打楽器がリズムを刻み、ベースが主和音《トニック》の低音部を鳴らし始めた。楽譜に指示されたとおりに、ぼくはリードギターの旋律を挿入した。追いかけるように、キーボードがコードでリズムを奏でる。

ぼくは歌い始めた。

歌っている間も、ストロークでコードを刻むように指示されていた。歌詞の文字も確認しないといけない。ミスをしないようにという緊張感はあったが、自分の声が張りつめた弦のように響き、ほどよく抑制された感情が、旋律に乗って発散されることが心地よかった。

二番の歌詞で同じメロディーを繰り返し、そこでズバッと転調して、まったく曲想の違うサビの部分にさしかかる。

ぼくの声は、小声で歌うとすぐに裏声になるのだけれども、一定以上の音量で歌うと、裏声にならずにどこまでも伸びていく。曲の盛り上がりに呼応して、それまで遠慮がちに響かせていた声を、しだいに開放していく。

胸の奥から何かが突き上げてきた。これを喜びといっていいのだろうか。あるいは胸がうずくような懐かしさといってもいい。

長い間、一人で演奏し、歌ってきた。ささやかな充実感はあったが、それだけのものだ。合奏の喜びを忘れていた。中学生のころに、杉田と紗英といっしょに、毎日のように合奏した。友だちがいて、心を合わせ一つのサウンドを奏でる。その甘い蜜《みつ》にひたされるような喜びが、よみがえってきた。長く封印されていた扉が開いて、感情が爆発しそうなほど盛り上がり、目頭が熱くなるような胸の高まりを覚えた。

演奏が終わった。休む間もなく次の曲に進んだ。今度は少しテンポの速い曲だ。イントロのギターが凝《こ》っていて、指を動かすのが大変だったが、歌が始まれば、リズムに乗って楽しく歌える。明るく軽い歌詞なので、もたれないように歯切れ良く歌った。

三曲目は、ぼくが以前から好きだった、静かなラブソングだった。遠くにいる昔の恋人に、いまも変わらない思いを、ギターの調べに乗せて穏やかに語るという、それほど切実ではないが、じっくりと歌い上げると胸が痛む、なかなかの名曲だった。メロディーと言葉に、自分の気持ちが乗っていくのがわかった。

曲が終わると、静けさが訪れた。スタジオの中には、演奏者の他に、数名のスタッフがいたのだが、誰もが息をのんだように、黙り込んでいた。

静寂の中に、奇妙な音が響き始めた。

すぐには何の音かわからなかった。スタッフがいっせいにヒミコの方に目を向けた。それでヒミコが、嗚咽《おえつ》をもらしているのだとわかった。

築地が立ち上がった。左足は麻痺しているが、右足だけで立つことができる。築地が立ち上がるのを見たのは、その時が初めてだった。

「落ち着け。そんなことでは、ライブはできないぞ」

築地が声をかけた。厳しい表情とはうらはらな、腫《は》れ物に触るようなやさしい声だった。

ヒミコの声が、少しだけ、低くなった。それでも感情のコントロールができないようで、嗚咽は続いていた。

気持ちが急速に冷えきっていく。

音楽が鳴り響いていた時には、その調べにひたることができた。そんな気分になったのは、中学時代以来だった。けれども、静けさの中で自分の周囲を見渡せば、そこにいるのは杉田でも紗英でもなかった。

車椅子に乗ったヒゲづらの見知らぬ男と、急に泣き始めた女性がいるだけだった。自分と何の関係もない人たちだ。

ただ泣いている女性に対しては、わずかに気持ちが揺らいだ。その人は何か重いものを背負っている。いつも影のように築地に従って、車椅子を押している。感情を押し殺したその表情の下に、重い過去を隠しているのではないか。

へたに近づけば、巻き込まれる。そんな危険を感じずにはいられなかった。

けれども、目の前で泣いているヒミコという女性を見ていると、何とかしてあげなければという思いに駆られた。

肩をふるわせてすすり泣いていたヒミコが、不意に、顔を上げた。涙でうるんだ目が、こちらを見た。何かを訴えるような、切実なまなざしだった。

ぼくは射すくめられたように、身動きができなくなった。

「疲れたようだな。久しぶりの演奏で緊張したんだろう。今日はここまでだ」

築地が言った。マイクを通して、スタジオの声は調整室に届いているはずだ。築地は調整室の方を見ながら話していた。

柳原が防音のための厚いドアを開けて、スタジオの中に入ってきた。

「いまのリハーサルはきっちり録音できた。重役に聴かせるだけだから、これで充分だろう」

柳原も、演奏の続行は難しいと判断したようだ。ヒミコというのは、壊れ物のように繊細な女性なのだ。素人のぼくの演奏よりも、スタッフたちは、ヒミコが演奏できるかどうか、危ぶんでいるようすだった。

築地は無言で、不安げにヒミコの姿を眺めていた。それから、ぼくの方に目を向けた。

「ヒミコはきみの演奏に感動したんだ。思ったよりきみがいい演奏をしたからだろう。だが、ライブは長丁場だ。とくにリードギターは体力勝負になる。本番までに、体をきたえておいてほしい」

ぼくはまだ、ライブに出演するとは言っていなかった。でも、拒否することが許されないようなムードになっていた。すでに復活ライブの実現に向けて、スタッフは動き始めていた。

「これからどうする」

柳原が尋ねた。

「ライブまでの日程を作って、計画的に練習しなければならんだろう」

築地が低い声で答える。

「技術的なものよりも、ヒミコの気持ちの問題だと思う。おれたちは、笹森くんと、もっとインティメートにならないといけない」

インティメート……。親密な、心の奥からの深いつきあい。男同士なら、親友というくらいの意味だが、男と女だと、肉体関係を伴ったつきあいという意味もある。

「飲みに行くか。今日は新しい青い風の初仕事だからな。打ち上げだ」

柳原が陽気な声で言った。

「とにかく、ここを出よう」

築地が声をかけると、ヒミコが反射的に立ち上がった。スタジオの隅に片付けてあった車椅子を引き出して、築地を座らせた。いつもの無表情な顔つきに戻っていた。車椅子を押すときには、人間らしい感情を押し殺すことが身にしみついてしまっているようだ。

スタッフが運転するワゴン車に乗り込んだ。柳原と行ったことのある会員制のクラブはすぐ近くだった。

シャンパンを抜いて乾杯をした。柳原は酒が入ると、すぐに声が高くなる。築地は顔が赤くなることもなく、何杯飲んでも、表情が変わらなかった。ヒミコはグラスに少し口をつけただけで、ほとんど飲まなかった。

「役員会でオーケーが出れば、宣伝の予算がとれる。ポスターとテレビスポット用の写真撮影が必要だな」

柳原が上機嫌で言った。築地は厳しい表情を崩さない。

「集まったファンの期待を裏切りたくない」

築地はぼくの方に向き直った。

「おれも、ヒミコも、立ち直れないほどの傷を負って生きてきた。そのリハビリに、若いきみを巻き込むことに、おれはためらいを覚える。いやだったら、いつでも辞めてくれていいんだ」

「そんなことを言ってもらっては困る。企画はもう動き始めているんだ」

柳原があわてて言った。

築地は柳原を無視して言葉を続けた。

「観客の半分は、星ケンのファンだ。歌はそれほどうまくないが、独特のムードをもっていた。おれとヒミコが、あいつの個性を支えていた。同じことが、簡単にできるとは思っていない。なぜなら、おれたち三人の間には、微妙な関係があって、その緊張感が、青い風というグループの魅力になっていた。おれたちのレパートリーにはヒミコの歌もある。ヒミコが歌い始めると、雰囲気ががらっと変わる。きみもいずれわかるだろうが、ヒミコとケンがデュエットで歌うと、とてもスリリングな響きになる。それが青い風の人気の秘密だ。おれは過剰な要求をするつもりはないが、きみにはそれだけの覚悟をしてもらいたいんだ」

「いきなりそんなことを言っても、笹森くんは戸惑うばかりだ。難しいことを言うと、彼は嫌気がさしてしまう。彼に辞められたら、困るのはおまえじゃないか」

「復活ライブを本当にやる必要があるのか、おれはいまでも疑問に思っている」

そう言って、築地はグラスを口に運んだ。

「おまえがそんなことでは困るな。これは大きな企画で、スタッフはもう動き始めているんだ」

柳原はとがめているわけではない。もう酔いが回って、冗談の口調になっている。

築地は低い声で言った。

「あんたにとってはこれは商売だ。だがおれにとっては、命がけの挑戦なんだ。これは危険な賭《か》けだ。失うものが大きすぎるのではないかと不安で仕方がない」

「何を失うっていうんだ。失うものなんて、何もないだろう」

柳原は笑いながら言ったのだが、築地は笑わなかった。

「そう思えれば楽になるんだがな」

築地はヒミコの方に目を向けた。柳原もヒミコを見すえた。わずかな間のあとで、柳原が問いかけた。

「ヒデちゃん、あんたはどうなんだ」

柳原はヒミコに向かって、ヒデちゃんと言った。それが本名なのかもしれない。

ヒミコはこの店に入ってからは、気持ちが落ち着いたようで、嗚咽をもらすようなことはなかった。

「どうでもいい……」

ヒミコの声を、初めて聞いたように思った。ヒミコは顔をまっすぐ正面に向けていた。築地の顔を見ているわけでも、柳原の顔を見ているわけでもなかった。

ヒミコの言葉に、築地も柳原も、凍《い》てついたようになって、言葉を返せなくなった。気まずい沈黙がその場を包んだ。ぼくは静かに、グラスの酒を飲み干した。スパークする泡が、苦い痛みとともに喉《のど》の奥に流れ込んでいった。

青い風の過去に、何か事情がある。どんな事情なのか、とくに興味はなかったが、ヒミコという女性の心の内に何がひそんでいるのか、気にかかった。

ヒミコの視線が、ぼくに向けられていた。

ぼくは息を詰めるようにして、相手の目を見つめ返した。

不意に、ヒミコの目が、妖《あや》しく輝き始めた。

「あなたは誰？」

ヒミコが問いかけた。声のトーンが少し変わっていた。表情にも変化があった。別人になったような気がした。

「彼は笹森くんだ。おれたちの新しいメンバーだ」

築地が説明した。

「笹森……、笹森タケシ」

ヒミコの視線が揺れていた。それはぼくの父の名だ。

ぼくは自分で名前を告げた。

「笹森ヒカルです」

「あなたはケンなのでしょう。あたしはあなたを愛していた。いまも愛している。でも達也さんを見捨てることはできないのよ」

ヒミコがつぶやくように言うと、柳原が声をはりあげた。

「彼は新しいメンバーとして復活ライブに参加してくれるんだ。築地くん、いい感じじゃないか。ヒデちゃんは彼をヴォーカルとして認知してくれたんだ」

柳原が話している間に、ヒミコが立ち上がった。テーブルの脇を抜けて近づき、ぼくの手を強く握りしめた。

ヒミコがささやきかけた。

「あなたは本当は誰なの？」

ぼくはどう応えたらいいか、わからなかった。


翌日から、練習が始まった。

場所は築地の自宅だ。地図をもらっていた。

いまにも雨が降りそうな蒸し暑い日だった。タクシーに乗るほどの距離でもないので、自宅から歩いていったのだが、ギターをかかえていたこともあって、道のりが遠く感じられた。歩いているうちに額《ひたい》から汗がしたたり落ちた。

灰色の奇妙な感じの建物があった。コンクリートを打ちっ放しにしたモダンなデザインだ。そこが築地の自宅だ。地下が練習スタジオになっているということだった。レコード会社からも近い、裏通りの狭い敷地に建てられた家で、一階が事務所になっている。

築地は演奏活動は休止していたが、作曲家としては活躍していた。自分で作品の管理をしていて、専従の事務員を一人雇っていた。ミナちゃんという、年齢はよくわからないのだが、控えめで聡明《そうめい》そうな女の子だった。

建物は三階建てなので、二階より上が居住スペースになっているようだった。その時までぼくは、築地のプライベートな生活については何も知らなかった。

いつも車椅子を押しているヒミコは、妻なのだろうか。いつもいっしょにいるようだが、妻にしては、二人の間に奇妙なよそよそしさがあった。ヒミコは感情を押し殺していて、まるで雇われたヘルパーみたいだ。築地はヒミコに対して、どことなくびくびくしているように見えた。

地下のスタジオは狭かった。限りのある敷地をいっぱいに使った地下室だから、レコード会社のスタジオのようなゆとりはない。空調は効いていたが、この狭い空間で、築地とヒミコと、三人だけで過ごすのかと思うと、息が詰まる気がした。

本番のライブでは、サポートのミュージシャンが加わる。直前になると広いスタジオを借りて練習することになっていたが、当面は三人だけで練習することになる。

スタジオには録音装置などの機材も並んでいて、足の踏み場もない感じだった。築地とヒミコの楽器は音響の機材につながれている。ぼくは生ギターだ。音を拾うマイクの音量調整をしてから、演奏を始めた。

一夜のライブコンサートでは、二十曲ほど演奏する必要があった。歌詞を憶えるだけでも大変だ。築地はライブのために、すべての曲を、新しくアレンジしていた。演奏の段取りを把握し、他のパートと合わせる作業を進めなければならない。

本番ではサポートのギタリストが加わることになっていたが、イントロや間奏の部分は、ぼくがリードギターのパートを弾くことになっていた。

ぼくの演奏技術はまだ未熟だ。気持ちが乗っている時はいいのだが、何曲も続けて演奏すると、集中力が持続しなくなる。

ぼくがミスをすると、築地は厳しい口調で指摘した。フレットを押さえる指の動きを、手を添えて教えてくれた。ぼくの演奏は自己流だ。いままで、人から批判されたり、間違いを指摘されたことがなかった。築地の叱責《しっせき》には、心がこもっていた。ぼくは素直に指導に従った。

築地の指導は親切で合理的だった。しかしそこには、微妙ないらだちのようなものが感じられた。他人に教えるよりも、本当は自分で弾きたい。しかし、築地の左手は麻痺して動かない。そのくやしさが、言葉の端ににじんでいた。

築地がぼくを指導している間、ヒミコは同じ部屋にいて、黙ってぼくたちのやりとりを見守っていた。そんな時、ヒミコはまるで動かない人形のように、気配を消していた。目の焦点が合っていない。息をしているかもよくわからないほどだった。

指導が終わって、ぼくがイントロを奏で始めると、ヒミコは突然スイッチが入ったみたいに、キーボードで伴奏を始めた。

ぼくの演奏が正確になるに従って、三人の息も合ってきた。

ライブの当日までには、間があった。築地の表情にも、ゆとりが感じられるようになった。

柳原がようすを見に訪ねてきた。連れがあった。綿貫さんだった。最初に柳原が入ってきて、連れがいるという気配がした時、初対面の人物に挨拶しなければならないかと、少し緊張したのだが、その連れが綿貫さんだとわかると、ほっとした感じがした。

母の再婚相手といっても、ぼくにとって綿貫さんは他人だ。母といっしょに食事をする時などは、身構えた気分でいたのだが、こうして思いがけない場所で綿貫さんと会うと、築地や柳原とは違う、家族のような親しみを覚えた。

「柳原くんに誘われて練習の進行状況を見に来た。どんな具合かな」

練習はいい方向に向かっていた。自信をもって綿貫さんに聴いてもらえると思った。

「よし、一曲だけ、お客さんに聴いてもらおう」

築地が声をかけた。青い風の作品の中でも、最もポピュラーな曲を演奏した。別れた恋人を懐かしんで、昔二人で訪ねた場所に来てみると、吹きつけてきた風の中に、懐かしい花の香りがした、といった内容の歌だ。

気持ちをこめて歌った。演奏にもミスはなかった。曲が終わると、少し遅れてから、綿貫さんが拍手をした。それほど熱烈な拍手ではなかった。期待どおりではなかったのかと少し心配になった。

柳原が言った。

「綿貫さん、目が赤いですよ」

綿貫さんはあわてて目をこすった。

「昔のことを想い出したよ。おれにも青春時代があった。笹森タケシとトリオを組んでいた。何年前だ？　二十年か……、もっと前だな」

「父親に似ているのは当然だが、彼は星ケンにも似ている。姿もいい。ただそれだけでファンが満足するかどうかだ」

築地が真剣な顔つきで言った。

綿貫さんは微笑を浮かべた。

「青い風のファンは、築地くんの曲を聴きにくるんだ。歌は笹森くんの方がうまい。ファンもそれで満足するはずだ」

横合いから柳原が言った。

「プロモーション・ビデオを作ってスポット広告を出したらどうだ」

「チケットの売れ行きがよくないのか」

築地が心配そうに尋ねた。

「チケットはほぼ完売だが、認知度を高めておけば、ライブＣＤの売り上げにつながる」

柳原の言葉に、築地が声を高めた。

「そんな話は聞いていないぞ」

「いま企画を出している。これだけのレベルに仕上がっていれば、CDを出してもいいだろう。テレビ局とのタイアップも考えている。当日までに企画が通らなくても、こちらでビデオを撮影して、あとで売り込んでもいい」

「話が大きくなってきたな。プレッシャーがかかる」

「大丈夫だ。綿貫さんも保証してくれている」

青い風の過去のCDはべつのレーベルだが、いったん解散しているので、復活ライブについては、まだどのレコード会社とも契約していなかった。

綿貫さんはぼくのようすを見に来ただけでなく、仕事も兼ねているようだった。

「じゃあ、飲みながら打ち合わせをしようじゃないか。綿貫さん、まだ時間はいいだろう」

「ここで飲むのか」

「そのための部屋を作ってあるんだ。めったに使わないがね」

築地とヒミコはエレベーターで、残りの人々は階段で二階に上がった。柳原は慣れているようで、一階を通る時に、事務所の女の子に声をかけた。

「ミナちゃん。二階で宴会だ。頼むよ」

「もう準備してあります」

どうやら築地の指示で、宴会の準備はできているようだった。ミナちゃんは事務を担当するだけでなく、宴会の準備など、この事務所の業務のすべてをそつなくこなしていた。

二階はフロア全体が応接スペースになっていた。カフェバーみたいなカウンターもあり、奥の棚に洋酒のボトルが並んでいる。テーブルにはすでにグラスやオードブルが並んでいた。ミナちゃんがカウンターの奥に入って、氷などの用意をする。

「彼女が、楽しみにしているよ」

席に着くとすぐに、綿貫さんがささやきかけた。彼女というのは、ぼくの母のことだ。

「本当は練習を見にきたかったんだが、さすがに遠慮したようだ。きみが緊張すると困るからな」

母とはしばらく会っていなかった。母も音楽業界の関係者だから、復活ライブには興味をもっているのだろう。だがぼくは、母に見せるために練習しているわけではない。

「関係者のチケットは確保してあるが、けっこう問い合わせが来ているから、余分を見ておかないとな」

柳原が言った。それから、ぼくの方に向き直って問いかけた。

「きみも招待する友だちとかがいるだろう」

ぼくにとって、友だちといえるのは、二人しかいない。

杉田と紗英。

ライブの練習をしていることは、二人には言ってなかった。切符を確保して、そろそろ日程を告げないといけないと思っていた。彼らにも予定があるだろう。早めに言ってスケジュールをあけてもらう必要がある。あの二人には、演奏を聴いてほしかった。

二人を招待するかどうか、ぼくには迷いがあった。二人には二人の生活がある。彼らの生活を乱したくなかった。それでも、ステージでプロのミュージシャンと競演するのは、ぼくにとっては大きな出来事だ。そのことを報告もせず、ライブに招待しないということになれば、冷たい人間だと思われるだろう。やはり、ぼく自身から報告して、招待すべきだろうと思った。

「中学時代の友だちが二人。招待したいのはそれだけです」

「ご家族は、きみたちだけでいいのかな」

柳原は綿貫さんに向かって尋ねた。

「おれは関係者だから、チケットはもらえるだろう。彼の母親も業界人だから、招待してくれよ。あとは……」

綿貫さんは、あとを続けていいかどうか、少し迷ってから、結局、言葉を続けた。

「彼の父親だって、息子のデビューを見たいだろうな」

父のことは、まったく考えていなかった。行方不明だと聞かされていたし、生死もわからないのではと思っていたのだ。

「ぼくの父は、どこかで生きているのですか」

「死んだという話は聞かないからな」

綿貫さんは、とってつけたような笑い方をした。

「笹森タケシのために、一枚確保しておいてくれ。端っこの席でいい。来ないかもしれないからな」

「来る可能性はあるんですか」

「わからない。しかし連絡をとる方法はある」

綿貫さんは真顔になって言った。

「タケシの曲は、いまでもラジオなどで流れることがある。すると著作権の使用料がラジオ局から払われる。著作権協会が窓口になって、どこかに送金しているはずだ。調べればわかるさ。わからなければ、私立探偵でも雇うか」

最後は冗談の口調になった。

「テレビスポットがガンガン流れれば、わかるんじゃないですかね」

柳原がそう言うと、いままで黙っていた築地が、急に低い声で言った。

「宣伝費はあまりかけないでくれよ。一回きりのライブなんだからな」

柳原はけげんそうに尋ねた。

「なぜだ。評判がよければ、テレビ出演の依頼だって来るだろうし、ツアーだってやれるさ」

「ドサ回りはごめんだ。ヒカルくんはまだ学生だし、ヒミコの体調も考えないといけない」

築地が、ヒミコの体調、と言った時、柳原も綿貫さんも、急に表情をひきしめた感じがした。

ヒミコが精神を病んでいるのではないかと、少し前から感じていた。ヒミコはひどく暗い感じがした。けれども時々、目が異様に輝き、声が高まることがあった。その感情の起伏の落差は、ふつうではなかった。

ヒミコの姿が見えなかった。事務員のミナちゃんが、酒や、簡単なつまみを運んできた。チーズやスモークサーモンなど、すぐに出せるものだ。ヒミコは奥のキッチンで、料理でも作っているのかと思ったのだが、少しあとで温かい料理を運んできたのもミナちゃんだった。

この建物には三階がある。ヒミコは自分の部屋に引き上げてしまったのかもしれない。

柳原が、気分を変えようとしたのか、改まった口調で言った。

「とりあえずは復活ライブの成功を目指さないといけない。しかし、CDのプロモーションのことは頭に入れておいてくれよ」

「ライブが終わったら、区切りがつく。おれの仕事はそこまでだ」

柳原の言葉は無視して、築地はひとりごとのようにつぶやいた。


毎日、ハードな練習が続いた。

復活ライブの日が目前に迫ってきた。

大きなスタジオを借りて、リハーサルをした。ギター、ベース、ドラムなど、サポートのミュージシャンが加わった。専門のギタリストが入ったので、音に厚みが出るようになった。ぼくは歌に集中できる。

ヒミコがヴォーカルを担当する曲が数曲あった。青い風の人気の一端は、ヒミコの歌の魅力に支えられていた。いままではぼくのソロ曲ばかり練習していたので、ヒミコの生の歌声を聴いたことがなかった。

築地の指示で、ヒミコが歌い始めた。

弱々しい声だった。CDで聴いた限りでは、もっと声が伸びていたはずだ。ミキシングの時に機械的な調整をしたのか、それともしばらく歌っていなかったので、声が衰えたのか。

CDでは、ヒミコがソロを歌っている時、星ケンが小声でハーモニーをつけていた。築地の顔を見ると、やってみろという感じで、うなずいてみせた。

ぼくは遠慮がちに声を発した。

いつか歌うことになるかもしれないと思い、低声部の旋律は憶えていた。小声で合わせていると、もっと声を出せ、と築地が指示を出した。

声を高めた。ぼくの声がヒミコの耳に届いたのだろう。ヒミコの表情が、急に輝き始めた。いまにも消え入りそうだった声に、張りが戻った。歌詞に感情がこもって、スタジオ全体に響き渡る。サポートのミュージシャンも、気持ちが高揚したようすで、演奏に熱が入る。曲が終わると、周囲にいたスタッフたちから、期せずして賞賛の声と拍手が沸き起こった。

歌っている間、ヒミコはぼくの顔を見つめていた。目が妖しいほどに輝いている。ぼくもヒミコの顔から目が離せなくなった。曲が終わり、ミュージシャンやスタッフの緊張がゆるんでも、ヒミコとぼくは、互いの顔を見つめ合っていた。

車椅子を押すヒミコの姿を初めて見た時、きれいな女性だと思った。化粧もせず、長い髪を肩まで垂らした、ラフなスタイルだったが、清楚《せいそ》な輝きがあった。

けれども、間近でヒミコを見るようになると、ひどく暗い顔つきをしていることが多く、心が閉ざされているのか、人の顔をまともに見ようとしなかった。目に輝きがなく、いつもどこか遠くを見ているような感じだった。

いま初めて、ヒミコの目に、炎のようなものが宿った。デュエットで歌ったことが、閉ざされていた心の扉を開いたのだろうか。

築地が声をかけた。

「次の曲に行くぞ」

演奏が始まった。ぼくはヒミコの顔を見ながら、イントロを奏でた。ヒミコもこちらを見つめながら、歌い始めた。ヒミコの目が、妖しいほどに輝いている。胸の奥底から声があふれ、ぼくの胸の奥にしみこんでいく。心地よい痛みのようなものを覚えながら、ぼくもせいいっぱいにハーモニーをつけた。

「すごい演奏になってるじゃないか」

演奏が終わっていた。途中からスタジオに入ってきたらしい柳原が、大声で言った。

それで、われにかえった。他のミュージシャンも、演奏に没頭していて、放心状態になっていたらしい。ふうっという、溜め息のような響きが、ここかしこで起こった。

誰もが、この瞬間、ライブの成功を確信したのではないだろうか。

その直後だった。ぼくはすぐそばに、息を詰めるような気配を感じた。思わず築地の方に振り向いていた。

築地が表情をこわばらせて、ヒミコの顔を見つめていた。

「どうしたんですか」

ぼくはスタッフやヒミコに聞こえないように、築地にささやきかけた。

「……いや、何でもない」

築地は声を高めて、次の曲を指示した。

本番を前にして、ミュージシャンとスタッフの気持ちが、急速に盛り上がっていった。ただ一人、築地だけは、不安を感じているようすだった。

時間は刻々と経過していった。


復活ライブの当日になった。夜一回だけの公演だが、前夜に機材をセッティングして、当日は午前中からリハーサルをした。喉を痛めないように、歌は歌わず、演奏の段取りだけを確認した。

築地は、表情は厳しかったが、気持ちは高揚しているように見えた。ヒミコはいきいきとしていた。ぼくの体調もわるくなかった。大きなステージに立つ緊張感もなかった。

この種のライブコンサートとしては、野外ステージやアリーナを別にすれば、最大級の会場が用意されていた。チケットは完売していた。いまは空席が並んでいるだけのその場所に、すきまなく観客が埋まったさまを想像しようとしても、イメージがわかない。大観衆の前で歌った経験はないけれども、想像もつかないことなので、ぼくはかえってリラックスしていた。

午後の休憩になったが、食欲はなかった。スタッフが用意した軽食には手をつけずに、コーヒーだけを飲んだ。誰もいない観客席の最前列に座った。

ステージでは、音響や照明のスタッフが、休みなく最後のチェックを進めていた。ぼくは椅子の背もたれに体を預けて、大きく息を吸い込んだ。

ここでぼくは何をしているのだろう。そんな疑問がふと浮かんだ。

思いがけないなりゆきで、ただの学生だったぼくが、有名なグループの復活ライブに加わることになった。ぼくが意図したことではない。だが、拒絶するという選択肢もあったはずだ。ぼくがここにいるのは、自分の意志といっていいだろう。

ぼくは何を求めているのか。

このチャンスを活かして、芸能界に乗り出したり、プロのミュージシャンを目指すという気持ちはない。確かに音楽は好きだ。けれども、プロの世界が甘いものでないことは、知っているつもりだ。

一夜限りの復活ライブだ。築地やヒミコや、スタッフの人々の期待に応えたかった。青い風のファンが、ぼくたちの演奏を待ち望んでいる。それだけではない。杉田春樹と中島紗英。あの二人に、ぼくの演奏を聴かせたい。

チケットは送った。紗英からはメールが届いた。杉田を誘って、必ず行くということだった。

もう一人、演奏を聴いてほしい人物がいた。そのことは、なるべく考えないようにしていた。

椅子の背にもたれて、ステージの上のライトがつるされた天井のあたりを見ているうちに、なぜか子供のころに住んでいた祖父の家の近くの海岸を想い出した。

祖父の家は丘の上にあった。そこからでも海を見渡すことができたが、ぼくは細い農道を駆け下りて、海岸まで出るのが好きだった。

海岸沿いの県道を渡り、それほど高くないコンクリートの防潮堤を越えると、砂利の多い砂浜があった。波消しブロックの上に座って、長い時間、海を見ていた。

県道には車の往来があったが、人通りは少ない場所だった。海水浴をするほどの浜ではないし、近くに民家もなかった。少し先に漁港があり、家はその周囲に密集している。

浜に出れば、行きかう車も目に入らず、一人きりになれた。自分が一人だと感じるのは、心地よいことではない。心臓に氷の刃が刺さるような、ひやっとした痛みを覚える。

けれども、海を見つめていると、気持ちが癒《いや》された。なぜかはわからないが、自分は一人きりではないという気がした。

海と、空と、背後の山。大きなものに包まれている。そして、ぼくを包み込むような温かく深いまなざしが、つねにぼくの背後にあるように感じていた。

それは神さまとか、自然とか、そういったものではない。ぼくは空想の中で、父のことを考えていた。父はいつも、どこかから、ぼくを見守ってくれているのではないか。

母親は時々、祖父の家に訪ねてきた。ぼくのようすを見に来たのだろう。母の顔を知っているだけに、かえって反発を覚えた。母親のくせに、なぜ祖父任せにして、親としての責任を放棄するのか。そう思うと、母を認めることはできない。父の姿は見たことがない。見たことがないだけに、夢を抱くことができた。

父がぼくのことを見守っていてくれるというのは、ただの幻想だろう。でもぼくは、一人きりで海岸にいると、誰かの視線を感じずにはいられなかった。はっとして背後に振り向くこともあった。もちろん誰もいない。波の音が、複雑に組み合わさった波消しブロックのここかしこに響いているだけだ。

でも一度だけ、振り向くと、人の姿が見えたことがある。一眼レフのカメラを首にかけた、ヒゲづらの男だった。目がとてもやさしそうで、怪しい人物には見えなかった。プロのカメラマンというわけではない。野鳥とか田舎の風景に興味をもったアマチュアが、漁港のようすなどを撮影しているのを見かけたことがある。それにしても、人の気配のないこの浜には、撮影の対象となるようなものは何もないはずだった。

ぼくは波打ち際にいた。男は防潮堤の近くにいる。男との間には、かなりの距離があった。ぼくが男を見つめていると、男の方から近づいてきた。

「きみは海を見るのが好きなのか」

男が声をかけた。

この浜では魚も貝も採れない。何をしているかと問われても、答えようのないところだが、男はぼくの心の内を察したように、ぼくが答える前に、静かにうなずいてみせた。まるで、自分も海が好きだとでもいうように。

ぼくは男に尋ねた。

「何を撮影しているんですか」

「まあ、海だな」

男は笑いながら答えた。

そこで会話が途絶えた。ぼくは男のことを何も知らないし、男の方も、ぼくのことは知らないはずだ。

ぼくは再び、目を海に転じた。

男の声が聞こえた。

「ぼくは旅をして、日本中の海を見ている。ここはどうということのない浜だけど、ぼくは好きだ。何度もここに来て、この海を眺めている」

男が何度もここに来ているのだとしたら、以前にもここで、ぼくの姿を遠くから見ていたのかもしれない。ぼくが誰かの視線を背後に感じるというのも、百パーセント気のせいだというわけでもないのだ。

少なくとも一度だけは、確かに男がぼくを見ていたのだし、男と会話を交わした。その後、男の姿を浜で見かけることはなかった。

かなり時間がたってから、男のことを想い起こした。そしてふと、あの男はぼくの父ではなかったか、と考えた。

何の根拠もない思いつきだが、行方不明になっている父が、もしも日本の各地を放浪しているのだとして、時には、故郷の海を見たくなることもあるのではないかと思った。

ぼくがこの海を見ながら育ったように、父もまた、この海を見ながら育ったのだった。

第三章　ぼくは心の底から音楽が好きだ

ぼくは心の底から音楽が好きだ。

ステージに出て、最初の和音《コード》が響いた時に、ぼくはそう思った。

広い会場を埋めた観客の前に、まず築地を乗せた車椅子を押したヒミコが進み出た。それだけで拍手が沸き起こる。築地が短いスピーチをする。復活ライブを企画した経緯を語り、次にサポートのミュージシャンを紹介し、全員が所定の位置に着いたところで、この復活ライブのための新メンバーとして、ぼくの名を告げる。ステージに出たぼくは、ただ頭を下げて、自分の位置に着く。

観客は、ぼくのことを何も知らない。ヴォーカルがいなくなり、リードギターがギターを演奏できなくなったこのグループが、どんなふうに昔の曲を演奏するのか、観客たちは期待と不安の中で、演奏が始まるのを待ち受けている。

シンセサイザーの前に座っている築地が、合図を出す。

最初の和音が響く。音に包まれる。ドラムとシンセが、正確にリズムを刻み始める。観客の間に、息をのむような気配が広がる。ぼくがイントロの旋律を弾き始める。

長い間、この瞬間を待っていたという気がした。ぼくは自分が何ものなのか、知らなかった。何を求めているのかもわからなかった。ただじっと耐えていた。なるべく欲望をもたないようにして、息をひそめていた。それはこの爆発的な喜びの瞬間のための、長い準備期間だったのだ。

満員の観客が、ぼくの歌を待ち受けていた。観客の期待に応えられるかどうかはわからない。ここにはヴォーカルの星ケンはいない。築地達也のギター演奏もない。ぼくが歌い、ぼくがリードギターを弾く。かつての青い風の演奏をそっくり再現することはできないが、ぼくの好きな音楽、ぼくが努力し、技術を高めてきた演奏を伝えることはできるはずだ。

数時間前、昼休みで休憩していた時のことだ。

誰もいない観客席の最前列で、ぼくがステージの天井をぼんやり見上げていると、不意に耳もとで声が響いた。

「いま、どんな気持ち?」

ヒミコの声だった。いつの間にか、ヒミコが隣の席に座っていた。ふだんとは違う、しっかりとした口調だった。目にも輝きがある。誘惑するような魅力的な微笑を浮かべている。ヒミコも久しぶりのライブを前にして、気持ちが高揚しているのだろう。

ぼくは答えた。

「こんな広いステージに立つのは初めてです。大勢の観客のひとりひとりに自分の音楽が届くかどうか、少し不安です」

「満員の観客に聴かせる必要はないのよ」

ヒミコは低い声で言った。

「誰に聴かせるんですか」

「それはあなたしだい……」

少し間を置いてから、ヒミコは言葉を続けた。

「あなたが愛しているただ一人の人、その人にだけ届けばいいのよ」

ただ一人の人……。紗英《さえ》の姿が想い浮かんだ。すぐそのあとで、杉田も聴いてくれるはずだと思った。

それから、故郷の海が、目の前に浮かんだ。

綿貫さんが手配したチケットは、父に届いただろうか。

その時、ヒミコが立ち上がって、誰かに挨拶《あいさつ》をした。ふと見ると、母がいた。ヒミコが去り、母が残った。母はヒミコの代わりに、ぼくの隣の席に座った。

「あなたがいやがるだろうと思ったので、気になったけど、練習は見にいかなかったのよ。今日は仕事の打ち合わせがあったので、綿貫さんといっしょに来たの。あなたまだ、エージェントを決めてないでしょ」

エージェントという言葉の意味が、すぐにはわからなかった。母が続けて言った。

「ライブに出演すれば、当然、ギャラが支払われる。あなたは今日からプロなのよ」

プロだと言われても、実感はなかった。出演に際して、とくに話し合いをすることもなかったから、出演料がいくらなのかも知らない。

「綿貫さんと柳原さんで、話は決まっていたんだけど、プロになればエージェントが必要だから、わたしの事務所に所属するということでいいでしょ。所定の手数料を差し引いて、あなたの口座に振り込んでおくわ」

ぼくは母から大学の授業料と、生活費をもらっていた。そのための銀行口座がある。ただし、生活費は綿貫さんが紹介してくれたアルバイトでまかなっていたから、授業料の振り込みに使った以外は、ふだんは口座からお金を引き出すことはなかった。ギャラが入るということにも、実感はなかった。

「契約書とかは作らなくていいでしょ。親子なんだから」

母の言葉で、この人が自分の母親だということを、改めて意識した。必要なことだけを言うと、母は去っていった。

お金の話なら、いつでもできたはずだ。やはり母は、ぼくのことを心配して、ようすを見に来たのだろうと思った。

母が来てくれたおかげで、落ち着いた気分になった。綿貫さんや母も含めて、自分の知っている人に演奏を聴かせるだけでいい。そう思うと、緊張も気負いもなく、ステージに立てた。

満員の観客席を見ても、動揺はなかった。ただ、この観客席のどこかに、紗英と杉田がいるはずだと思った。もしかしたら、父が見守っているのかもしれない……。

緊張とは違った、気持ちの高まりを覚えた。

いまこのステージで、皆に演奏を聴いてもらえる自分を、幸福だと感じた。

イントロの演奏を終えると、ぼくは歌い始めた。

充分に練習した曲だった。星ケンの真似ではなく、すでに自分の歌になっている。観客の反応が気にかかったが、ライトがまぶしくて、客席は暗闇《くらやみ》に見えた。ぼくは歌いながら、ヒミコの方に目を向けた。ライトが当たったステージの上だけが、ぼくが見ることのできる空間だった。ぼくにとっては、ヒミコだけが、確認できる聴き手だった。ぼくの問いかけるような視線に気づいたヒミコは、それでいいのよ、とでも言うように、笑顔を浮かべた。まるで女王のような、あでやかで、自信に満ちた笑いだった。

ただ一人の人、というヒミコの言葉が、頭の中をよぎった。ヒミコの言おうとしたことが、わかった気がした。

ヒミコの笑顔に支えられて、ぼくはオープニングの一曲を歌いきった。客席から、どよめきのような拍手が沸き起こった。青い風が復活したという喜びだけではなく、期待以上の演奏に接した驚きと興奮が、会場全体を包んでいた。

ぼくは冷静だった。サポートのギター奏者が支えてくれるとはいえ、一夜のライブコンサートは長丁場だ。気力と体力を温存しておく必要がある。築地が作詞作曲した歌は、絶叫したりする必要のない、静かな曲が多かった。ただ歌っているうちに、感情が自然に高まっていくということはある。声がかれないように、抑え気味に歌っているつもりだったが、会場を包んだ観客の高揚感にあおられるように、気持ちが歌にこもっていった。

ヒミコとデュエットで歌う曲になった。まずヒミコが歌い始める。曲の途中だが、観客席から拍手が起こった。ヒミコのファンも多いのだろう。ぼくが少しずつ声を高めてハーモニーを響かせると、別の拍手が沸き起こった。

ヒミコの声が高まった。拍手を遮るような、鋭い響きだった。観客席が息をのんだように静まりかえった。ヒミコの声と、ハーモニーを支えるぼくの声だけが、会場全体に広がっていく。

ヒミコがぼくを見ていた。勝ち誇ったような、陶然とした微笑が浮かんでいた。この復活ライブの主役は、まぎれもなく、ヒミコなのだと思った。

築地の車椅子を押している時の、自分を殺した無表情なヒミコとは別人のような、大観衆を虜《とりこ》にする歌姫の姿がそこにあった。練習の時にも見せなかった、美しく、魅力的な姿だった。

ヒミコは観客席の方は見ずに、まるで挑発するように、ぼくだけを見ていた。ぼくも負けまいとして、歌いながら、ヒミコだけを見ていた。

闇の中に沈んだ観客も、バックステージのサポートのミュージシャンの姿も、ぼくの視界からは消えていた。まるで世界中に、ヒミコとぼくだけしかいないような感じで、ヒミコとぼくは歌い続けた。

その瞬間だけ、ぼくは紗英のことを忘れていた。

歌が創り出す虚構の世界の中では、ヒミコとぼくは愛し合っていた。歌っているうちに、感情が盛り上がって、いつしかそれが虚構であることを忘れていた。ヒミコはぼくを虜にし、ぼくは奴隷《どれい》のようにヒミコを愛していた。

不思議なことに、その曲が、築地が作詞作曲したものだということも、ぼくの視界からは消えていた。

まるで自分たちの心の中が、そのまま言葉になったように、ぼくたちはメロディーに乗せて、愛を語り合っていた。

曲が終わる前から、息をのむような気配が、観客席から伝わってきた。曲が終わると、わずかな静けさのあとで、まばらな拍手が起こった。拍手をすることも忘れて曲の余韻にひたっていた人々が、あわてて拍手に加わり、かなり長いタイムラグのあとで、拍手の音が急速に高まっていった。嵐のような歓呼の声が拍手にまじり、会場全体が揺れ動くような感じがした。

復活ライブは大成功だった。ぼくの歌も、ギターの演奏も、サポートのギタリストのアシストもあって、ベストの状態でパフォーマンスができた。何よりも、練習の時には元気のなかったヒミコが、見違えるほどのパフォーマンスを見せた。会場は沸きかえり、アンコールの声とスタンディング・オベイションが続いた。

アンコールの曲はとくに用意していなかったので、ぼくのソロの歌とヒミコとのデュエットを一曲ずつ、もう一度演奏した。ヒミコの見事なパフォーマンスの再現で、一夜限りのライブは幕を閉じた。

休憩なしのぶっ続けのショーが終わり、控え室に引き上げると、さすがに疲れが全身を包んだ。

誰にもじゃまされずに、休みたい気分だったが、間を置かずに、母と綿貫さんが部屋に飛び込んできた。

「よかった。よかった。おれが見たあらゆるライブの中で、最高の感動だった。これはすごい。きみにはまぎれもなく、才能がある」

綿貫さんが興奮したようすで言った。ぼくは冷静だった。今夜の主役は、ぼくではなくて、ヒミコだった。

「ヒミコさん、ようすが変わってましたね」

ぼくが指摘すると、綿貫さんも急に真剣な顔つきになった。

「おれも驚いた。星ケンが亡くなってから、ずっとウツ状態だったヒミコが、今日はすっかり変わっていた。元に戻ったというか、以前にもなかった妖しい魅力を振りまいていた。あれにはファンも驚いただろうな」

「DVDを出せば、売れるんじゃない？」

母が言った。すぐに商売のことを考える。母はそういう人だ。綿貫さんは妙に高い声になって言った。

「もちろん企画を立てるさ。その前に、柳原がプレッシャーをかけてくるだろう。パブリシティーの戦略を立てる必要があるな」

そう言っているところに、柳原がドアを開けて部屋に飛び込んできた。

「ああ、よかった。たぶんここにいらっしゃると思ったんですよ」

柳原は綿貫さんを探していたようだ。

「何を言いたいかは、わかっている。廊下で打ち合わせをしよう」

綿貫さんは小柄《こがら》な柳原の腕をつかんで、引きずり出すように外に出て行った。

ぼくと母は、二人きりになった。

にわかに静けさが押し寄せてきた。以前は母と暮らしていたのだが、大学に入ってからは、ほとんど会う機会がなかったので、母と二人きりになるのは久しぶりだった。

「CDやDVDの宣伝活動をすることになると、テレビの音楽番組に出演したり、ラジオ局を回ることになるけど、あなた、それでいいの」

ぼくはまだ学生だ。どうしても勉強をしたいというほどの熱意はなかったが、芸能人になるつもりもなかった。

「一回きりのライブということで、練習を続けてきたんだ。その先のことは何も考えていない。築地さんだって、そうだろうと思う」

「わたしに任せておいて。悪いようにはしないわ」

母に任せてしまうと、ひどい事態になるのではという不安はあったが、今夜のライブの感動が、ぼくの胸の内にも余韻を残していた。一回きりのライブだというので出演を決めたのだが、終わってみると、いままでのような孤独な学生に戻る気もしなかった。

ヒミコのことが気にかかった。ヒミコの急激な変身ぶりには、危うさが感じられた。ふつうではない何か病的なものが、ヒミコの姿全体からあふれ出していた。ヒミコの変貌《へんぼう》の原因は、明らかに、ぼくとデュエットで歌ったことにある。ぼくはヒミコという女性に対して、責任を負わされたような気分になっていた。

「一つだけ、あなたに言っておきたいことがあるんだけど」

母が声をひそめて言った。

「大切な忠告よ。あのヒミコという人には、気をつけてね。あの人のために命を落とした人もいるのよ」

ぼくは母の顔を見つめた。

星ケンの死は自動車事故だといわれている。築地達也が障害を負ったのはどんな事故だったのか。いつだったか綿貫さんと母の会話の中に、自殺未遂という言葉があった気がした。

具体的に何があったのかはわからない。事故にしろ、自殺未遂にしろ、ヒミコにとっては、精神的なダメージをもたらす事件だったはずだ。だが、それはヒミコのせいではないだろう。むしろヒミコは、突発的な事件で傷ついた被害者だ。

母の言葉に、ぼくはとくに反応しなかった。ぼくと母との間には、一定の距離があった。それでもぼくを産んだ人だから、子供のことを心配してくれている気持ちはわかったが、ぼくの人生は、ぼくが決断して生きていくしかないと思っている。

ぼくが口を閉ざしていたので、気まずい沈黙が部屋の中を満たした。

その時、ドアが開いて、柳原が顔を見せた。

「築地とヒミコがきみを呼んでいるので、ちょっと顔を見せてくれないかな」

ぼくは立ち上がった。母親と二人きりの状況がこれで切り抜けられるので、ほっとする気持ちがあった。廊下で綿貫さんと会った。言葉は交わさなかったが、代わりに綿貫さんがぼくの控え室に戻って、母のきげんをとってくれるはずだ。綿貫さんにはアルバイトの世話をしてもらった。これからも何かとサポートを受けることになるのだろう。いつの間にか、綿貫さんはぼくの父親代わりを務めていた。ぼくの方も、綿貫さんを信頼していた。

ぼくは築地とヒミコの控え室に入った。

築地とヒミコは、籍は入っていないという話だが、実質的には夫婦同様の生活をしていた。ヒミコも築地の自宅で寝泊まりしていたし、築地の車椅子を押す係として、たえずいっしょにいる。だから控え室も、同じ部屋になっていた。

ぼくが部屋に入ると、築地とヒミコが、同時にぼくの方に顔を向けた。

ここ数カ月、ずっと三人で練習を続けてきた。それなのに、一つの部屋に三人でいることが、息苦しいほどの負担に感じられた。

鏡の前の椅子に座っていたヒミコが立ち上がった。満面に笑みをたたえ、まるで小動物のような軽やかな足取りで駆け寄った。

「すてきな演奏だったわ。ありがとう」

ヒミコはぼくの両肩を強い力で抱きかかえた。

「あたしはあなたのような人を求めていたのよ」

ぼくは身動きできずに、無言で息をつめていた。

「オーディエンスが感激していたわ。青い風はフェニックスのように復活した。もう二度と死ぬことはないわ。あたしたちの活動は無限に続いていくのよ」

無限に続いていくということが、何を意味しているのか、すぐにはわからなかった。

ヒミコは声を高めた。

「もう柳原企画には言ってあるわ。全国ツアーをやりましょう。新曲も出さなくちゃね。達也さん、あなた、作曲できそう？」

ヒミコは築地の方に目を向けた。

築地は硬い表情で、警戒するようにヒミコのようすを見守っていた。ヒミコの問いに、築地はすぐには答えなかった。明らかに、ヒミコはふつうの状態ではなかった。元気になったことは確かだが、ひどく危うい感じがした。築地はヒミコの異様な高ぶりのピークが通り過ぎていくのを、不安をこらえながら、ひたすら待っているように見えた。

「達也は疲れたみたいね。無理することないわ。ヒカルさんは作曲もできるのよね。大学の演奏会を聴いたわ。あの時の曲、全部あなたのオリジナルなんでしょ？」

ヒミコは声を高めた。

「ツアーだって、達也が疲れるようなら、あたしとヒカルさんの二人で回ってもいいのよ」

そこまで話した時、ヒミコの表情が急に変わった。

「でもそうすると、達也の車椅子を押す人がいなくなるわね。かわいそうな達也さん……」

ヒミコの目から涙がこぼれた。数秒前とは別人のような表情になっている。

築地は小さく息をついてから、慰めるように言った。

「どうしてもツアーをやりたいというなら、おれもついていくさ。しかし、笹森くんはまだ学生だからな。綿貫さんやお母さんともよく話し合って、彼に負担をかけないようにしないといけない」

「そうね……」

ヒミコは冷ややかに言った。満開の花がにわかにしぼんだように、ヒミコは元気を失っていた。

最初に出会ったころの、車椅子を押すだけのために生きているような無表情なヒミコに急速に戻っていくようだった。

ノックの音が聞こえ、柳原が顔をのぞかせた。

「笹森くん、お友だちがお見えになっているそうだよ」

「こちらにお通しして」

ヒミコが言った。

お友だちというのは、紗英と杉田だろう。自分の控え室で会いたい気もしたが、控え室にはまだ母がいる。間を置かずに、柳原が再び顔を見せた。

柳原のあとから、紗英が入ってきた。

杉田がいっしょかと思ったのだが、紗英だけだった。花束をもっている。

紗英は最初、少し緊張していた。ぼくが花束を受け取ると、笑顔になった。ぼくは築地とヒミコに、紗英を紹介した。

築地は車椅子から立ち上がって、右手を差し出し、握手を求めた。

ヒミコは探りを入れるような、どこか意地悪な感じのするまなざしで、じろりと紗英をにらんでいた。

紗英がヒミコに挨拶しようとした時、ヒミコは低い声で言った。

「あなたは誰なの？　ヒカルさんの何？」

彼女は友だちの恋人です、と心の中で、ぼくはつぶやいた。

紗英はむじゃきに答えた。

「中学の同級生です」

「そう……」

ヒミコは表情を変えずに目をそらせた。

奇妙に緊張した雰囲気が部屋を満たした。ぼくは紗英をつれて廊下に出た。

廊下には綿貫さんと母がいた。綿貫さんは満面に笑みをたたえて紗英に挨拶し、名刺を差し出した。すぐそばから、母の視線が、紗英をとらえていた。母は挨拶しなかった。

ぼくは廊下の端まで行って、紗英にささやきかけた。

「今日は来てくれてありがとう。杉田はどうしたんだ」

「あのひと、意外に照れ屋なのよ。楽屋の入口まで来たんだけど」

「そこにいるのか」

ぼくは紗英とともに、楽屋の出入口から外に出た。少し先の地下駐車場の人気のない場所に、杉田が立っていた。

「よく来てくれたな」

ぼくが声をかけると、杉田も笑いながら言った。

「おれは最近はギターにも触らなくなってしまったけどな。昔を想い出して、懐かしかった」

「あのころはきみがリードギターだった」

「おまえはプロになれる」

　そう言った杉田の声が、どことなく沈んでいた。

「プロを目指していたわけじゃない。ギターの練習だけは続けていたけれど、それは他に楽しいことが見つからなかっただけだ」

「それでいいじゃないか。一つの道をきわめれば、人生をまっすぐに歩いていける。おれなんか、迷ってばかりで、なかなか先に進まない」

　紗英からのメールによれば、杉田は留学生の支援だけでなく、難民救済の活動にも関わっているらしい。強い意志をもって、人のやらない苦労の多い道を進んでいるのではと思っていた。

　ぼくが言葉につまっていると、杉田が明るい声で言った。

「今日の演奏は素晴らしかったよ。招待状をもらった時は、うまくいくか少し心配だったんだけどな。演奏を聴いて安心した。おまえには、人を惹《ひ》きつける個性みたいなものがある」

「他のメンバーの人も、笹森くんのことを、温かく見守っている感じがしたわ」

紗英が言った。本当にそう思ったのだろうか。

「事務所の社長やスタッフは、ぼくを大切にしてくれる。ただ青い風のメンバー二人がどう思っているのかは、よくわからない」

ぼくは正直に言った。

紗英がほんの少し、表情をくもらせた。

「このメンバーでしばらく活動することになるの?」

「わからない。CDを出すとか、企画はあるようだけど、まだ決まったわけじゃない。大学は卒業したいから、アルバイト程度の仕事でないと困ると思っている」

そんな話をしばらく続けてから、二人と別れた。

二人が演奏会に来てくれたことは、とても嬉《うれ》しかった。けれども、ステージの上と、観客席というふうに、立場が分かれてしまったことで、二人との間の距離が、ますます遠くなるという気がした。

杉田と紗英がいなくなると、誰もいない駐車場に、ぽつんと一人、取り残された。

ぼくは静かに息をついた。

もう一人、今日のライブに来てくれたかどうか、気にかかる招待客があった。

だが、いまはそのことは考えないようにしたい。

ぼくは楽屋口に引き返した。

数日後、母から電話がかかってきた。母としてではなく、事務所の社長としての連絡だった。柳原企画からの連絡で、打ち合わせをしたいとのことだった。これからの活動については、自分の意志で決めたかったので、ぼく一人で行くことにした。

打ち合わせは築地のスタジオで行われることになった。

青い風のメンバーに、柳原が加わった。事務所のミナちゃんが、酒と料理の用意をしてくれていた。

「今日は復活ライブの成功を祝いたいと思って、会社の費用で酒と料理を用意した。少し遅れるけれども、綿貫さんも来てくれることになっている。CDを出す話をまとめたいし、その後のプロモーションの計画も立てないといけない」

柳原が話し始めると、築地が低い声で遮った。

「祝い酒はいいが、先の話はじっくり考えればいい」

「まあ、乾杯をしよう」

シャンパンを抜いて乾杯をした。

柳原が言った。

「ライブは客が満杯になればそれだけで成功だが、あの日の観客の反応を見れば、先への展望が出てきた。その意味では、思いがけないほどの大成功といっていい。そのことを祝うと同時に、おれとしては、具体的な展開を考えたい。築地くんも、ライブを企画した段階から、先のことを考えていたんだろう」

築地は静かにグラスを口に運んだ。

「おれは何も考えていない。あえていえば、復活ライブで一つの区切りをつけたかった。おれにとって、このライブは、新たな始まりといったものじゃない。むしろ、これで青い風というグループ活動に、ピリオドが打てるという思いがあったんだ」

「終わってしまっては困るんだよ。もし客が来なかったらこちらは大損しているところだ。リスクを承知で企画を立てたんだから、成功した場合はフォローをして儲《もう》けさせてもらわないとな。それが商売の鉄則ってもんだ。なあ、ミナちゃん。次の展開がないと、事務所としても困るだろう」

柳原はキッチンの奥にいるミナちゃんに声をかけた。

築地はミナちゃんの反応よりも先に、強い口調で言った。

「おれはこの体だ。いまさらライブを続けても、オーディエンスは喜ばない。ヒミコだって、体調は万全ではないんだ」

築地の勢いに、柳原は小犬のように身をすくませた。それから助けを期待するようにヒミコの方に顔を向けた。

ヒミコは無表情のまま黙り込んでいる。活気のある時のヒミコと、魂の抜けた時のヒミコでは、まったくの別人だ。まるで体の中のどこかに、切り替えのスイッチが隠されているみたいだ。築地は、スイッチが入った時のヒミコの異様な高ぶりを恐れているのだろう。過熱してショートしかねないような、危険なものが感じられた。話が先に進まないので、柳原は酒を飲み、ひたすらライブの成功を祝うモードに切り替えたようだ。

しばらくすると、綿貫さんが現れた。

「どうだ、話は決まったか」

部屋に入ってくるなり綿貫さんは尋ねた。この人も業界人だから、とりあえずは商売の話から始める。

「いや、まだだ。築地くんが難色を示している」

「急ぐ必要はないさ。とにかく一杯、飲ませてくれ」

綿貫さんはすぐに気持ちを切り替えたようだ。

シャンパンが終わったので、今度は赤ワインの栓が抜かれた。ホテルか高級レストランから取り寄せたような豪華な料理がまだ大半、手つかずで残っている。

綿貫さんは旺盛《おうせい》な食欲で料理を食べ、ワインをかなり飲んでから、再び仕事の話を始めた。

「CDの発売はもう決まっている。映像はデジタルで撮ってあるし、とくに編集の必要もないから、いつでもＤＶＤ化できる。とりあえずＣＤのプロモーションとして、テレビの深夜番組で復活ライブの映像を流してもらおう。反響があれば、ＤＶＤの発売ということになる。そのためには、メンバーが番組に出演するなど、営業活動が必要だ。その点は、築地くんも了承してくれるだろう」

綿貫さんはあえて築地の答えを求めずに、言葉を続けた。

「今後もライブ活動を続けるかどうかは、ＣＤやＤＶＤの売れ行きを見てから判断すればいい。しかし、準備だけはしておかないとな。演奏活動を続けるためには、練習しなければいけないし、新曲がほしい。だが何よりも大切なのは、きみたちの心構えだ。どうなんだ、築地くん。きみは音楽活動への情熱を失ったわけではないんだろう」

築地は大きく息をついた。

「情熱というものは、星ケンが死んだあの日から、おれにはない。同時に、おれ自身も死んだような気分でいた。リハビリのつもりで作曲は続けてきたが、青い風で演奏活動を続けていたおれは、もう死んだものだと思っていた」

そう言いながら、築地はぼくの方に目を向けた。

「ただ綿貫さんの紹介で、笹森くんの演奏を聴いた時に、希望が生まれた。彼は声と面影がケンに似ていた。若くて、情熱があって、音楽を愛していた。彼といっしょに演奏ができたら、おれも元気になる。それに何より、ヒミコを励ますことができるのではないかと思った」

「そのとおりになったじゃないか」

綿貫さんが力をこめて言った。

築地は顔をそむけた。

「ヒミコは一瞬、元気になったように見えたが、ライブが終われば、また元に戻ってしまった。感情の動きが不安定で、危うい状態だ。ライブ活動を続けることで、ヒミコのリハビリになるのならいいが、逆に悪化するのではという不安がある。それにおれ自身、気持ちが沈み込んでしまっている。持続的にライブ活動をするのは、負担が大きすぎる」

築地はグラスのワインを飲み干して、さらに続けた。

「ヒミコが回復すれば、笹森くんとのデュエットでライブ活動を続けてもいい。作曲だって、笹森くんもいいオリジナル曲をもっているから、おれは手を引いてもいいんだ」

「寂しいことを言うな。人生には気分が落ち込む時もあるが、元気になる時もある。谷底の先には必ず上り坂があると思って、前向きに生きるしかないんだ」

綿貫さんが静かに言った。その言葉には妙に実感がこもっていた。綿貫さんも、人生の谷底を経験したのだろう。

　結局、先のことは何も決めずに、とりあえず練習を再開することだけを約束した。話は綿貫さんと、柳原、築地だけで進められた。最後に綿貫さんが、ぼくの方を向いて、それでいいだろう、と確認しただけだった。

　ヒミコは一言も口をきかなかった。意見を求められることもなかった。ヒミコはまるでマネキン人形のように、そこに存在していただけだった。

　築地のスタジオを出て、タクシーをつかまえるという柳原と別れた。綿貫さんとぼくは、少し遠いけれども歩ける距離なので、歩いていくことにした。

　しばらくの間、無言で歩いた。築地たちとの今後のことについて、何か言われるかと思ったのだが、綿貫さんはアドバイスめいたことは口にしなかった。

　テレビ局やレコード会社のある、はなやかな地域だったが、裏通りは静かで、かなり暗かった。人通りのない寂しい路地がどこまでも続いている。

　しばらく歩いてから、綿貫さんは、ぽつりと言った。

「楽屋に訪ねてきた女の子がいただろう。可愛い子だったな」

　紗英を綿貫さんに紹介しなかった。それでも綿貫さんは紗英に挨拶し、名刺を渡していた。母から話を聞いていたのだろう。

「あの子には彼氏がいるのか。中学のころ、三人でグループを作っていたのだろう」

ぼくは黙っていた。

「その彼氏というのは、きみの親友なのか」

ぼくは黙ったまま、うなずいたかもしれない。しかし並んで歩いているので、綿貫さんには見えなかったはずだ。それでも、ぼくの重苦しい沈黙から、綿貫さんは何かを感じたようだった。

綿貫さんは、ぽつりとつぶやいた。

「笹森タケシとおれとは、親友だった。そして二人とも、きみのお母さんのことが好きだった」

綿貫さんの言葉が、ぼくの胸の奥に、甘い痛みのようなものをもたらした。

「タケシはやさしくて、姿もすらっとして、歌もうまかった。お母さんがタケシに惚《ほ》れていることはわかっていた。彼女はおれにとっては、友だちの恋人にすぎなかった」

友だちの恋人。

ぼくは息苦しさを覚えた。同時に、並んで歩いている綿貫さんに、親しみを感じた。

「友だちの恋人を好きになるというのは、つらいことだ。しかし、親友と、自分が好きな女の子が仲良くしているというのは、考えようによっては、ラッキーなことだ。二人と友だちになれて、自分の人生に、拠《よ》り所《どころ》ができる。親友が困っていれば、できる限り助けになりたいと思うし、彼女が困っていれば、友人として、助けになりたい。それでいいとおれは思っていた。結果としては、おれはできる限りのことを、タケシにも、彼女にも、続けてきたと思う」

綿貫さんは、ほんの少しためらってから、言葉を続けた。

「タケシが姿を消したことについては、おれは責任を感じている。悩んでいるタケシの力になってやれなかった。それに、おれの存在が、タケシを孤独に追いやったのかもしれない。彼女はマネージャーとして、おれはプロデューサーとして、タケシの音楽活動を支援していた。タケシの将来に期待をかけてもいた。それがあいつの負担になっていたことも確かだ。あいつは芸術家肌で、繊細な神経をしていた。気が向いた時にはいい曲を作るけれども、プレッシャーの中で作品を作り続けるといった才能には欠けていた。それがヒット曲の量産のためには不可欠な能力なんだ。そのプレッシャーに、あいつは負けた。ずっと悩んでいたのだろう。仕事をセーブするとか、充電期間を設けるとか、あいつの身になって考えれば、やり方はいくらでもあったはずだ。しかしおれたちは、あいつに仕事を押しつけた。本来はタケシの伴侶《はんりょ》であるはずの彼女までが、スタッフの側に回っていた。彼女とおれとが、二人して、タケシを追い詰めたのだ」

綿貫さんは、ぼそぼそと語り続けた。初めて聞く父の過去だった。ぼくは無言で、綿貫さんの話に聞き入っていた。

　ぼくたちはいつの間にか、綿貫さんのマンションの近くまで来ていた。ぼくのマンションはもう少し先だ。

「不思議なものだ。タケシの息子のプロデュースをすることになるとはな。同じあやまちはくりかえしたくない。きみに負担がかかりすぎないように、お母さんとおれとで、きみを守っていくつもりだ。そのことは信じてほしい」

　綿貫さんはぼくの手を強く握りしめた。

「ありがとうございます。今日話していただいたことで、母に対する誤解も解けました。ぼくは綿貫さんを信頼します」

　綿貫さんと別れ、一人で自分のマンションに向かいながら、ぼくはほんの少しだけれども、自分の胸の内が温まっているように思った。綿貫さんはいい人だと思った。そして、母もぼくのことを、心配してくれているのだと感じた。

　友だちの恋人に対する自分の気持ちにも、覚悟のようなものができたように思う。

　綿貫さんと別れたあとで、ずっと気になっていたことを、今回も聞きそびれたことを思い出した。

　父がライブコンサートに来てくれたのかどうか。綿貫さんなら知っているのではと前から思っていたのだが、聞くチャンスがなかった。

綿貫さんはぼくが中学生のころから、父親代わりを務めようと努力していた。最初はぼくの方が拒否していたのだが、いまは綿貫さんの努力を認めてもいいような気持ちになっている。少なくとも、ずっと不在の父に比べれば、ぼくにとって、綿貫さんは頼りがいのある人になっていた。

その綿貫さんに対して、父のことを訊《き》く気にはなれなかった。

練習が再開された。

築地のスタジオに三人で集まって、まずはライブで演奏しなかった曲を練習した。復活ライブでは、ヒミコの体調を気遣って、女声ヴォーカルの曲はわずかしか演奏しなかった。しかし、ヒミコがかなり歌えることがわかったので、練習してみることにした。そのようすを見て、次のライブや、CDの新録音の企画を立てることになっていた。

ヒミコは最初から高揚していた。

目の輝きが、あの復活ライブのステージ上のヒミコのように、異様なほどにきらめいていた。

歌うことで、ヒミコは本来のヒミコになる。けれども歌が終わると、スイッチが切れる。ヒミコがヒミコであるためには、歌い続けるしかない。

いまのヒミコには、不思議な魅力がある。燃え尽きる直前の炎が、一瞬、烈《はげ》しく燃えるように、いまにも壊れてしまいそうな不安と、はかなさと、捨て身の強さをはらんだ、目をみはるような輝きを放っている。

この危険な輝きが、ヒミコの魅力であり、かつての青い風の演奏の魅力の源泉でもあったのだろう。けれども、星ケンは死に、築地達也は傷を負った。ぼくもまた、その危険な深淵《しんえん》に誘い込まれようとしている。

ヒミコとデュエットで歌っていると、その姿全体から発散される輝きと、胸を切り裂くような声の響きに圧倒されて、息苦しさを覚える。こちらも胸を熱くして、声をしぼり出す。ヒミコの声と、ぼくの声が、微妙なバランスを保ちながら、もつれあい、からまりあっていく。その心地よさは、何ものにも代えがたい。いまこの瞬間、死んでもいいと思うほどの充実感が、胸を満たす。

これが音楽の魅力なのか。それとも、ヒミコという歌姫の魔力なのか。

かつて星ケンとヒミコが歌った歌を、一つ一つ、リメイクしながら、カバーしていく。果てしもない至福の時間が続いていく。

青い風の活動期間はそれほど長いものではない。とくにデュエットの曲には限りがある。星ケンのソロ曲を、デュエットで歌うことも試みた。けれどもやがて、曲のストックそのものが残り少なくなってきた。

ある時、ヒミコが突然、意外な曲をアカペラで歌い始めた。青い風の曲ではない。よく知っている曲だったので、ドキッとした。

ぼくが作詞作曲した曲だった。なぜぼくの曲をヒミコが知っているのか不思議だった。とっさにギターでコードをつけながら、ようやく想い出した。大学のクラブのオーディションや演奏会で自分の曲を歌った。築地とヒミコはそれを聴いて、ぼくを復活ライブのメンバーに選んだのだった。ヒミコは歌詞もメロディーも正確に憶えていた。

驚いているぼくの顔をのぞきこみながら、ヒミコは謎めいた笑みを浮かべた。

曲が終わると、ヒミコはぼくの腕を強く握って、ささやきかけた。

「この曲を聴いた瞬間に、あたしはあなたに恋をしたの」

日を追ってヒミコは美しくなっていく。その妖しい輝きは、恋愛ゲームといってもいいような、一種の虚構の上に成り立っている。ぼくたちは二人きりで歌っているわけではない。かたわらにはつねに、築地がいる。

築地が何を考えているのか、ぼくにはわからない。ただ燃え尽きる直前の炎のようなヒミコの輝きを、築地も見ている。歌い続ける限り、ヒミコは輝き続けるだろう。そのことを築地は認め、あえて虚構を盛り上げようとしている。

築地は星ケンのソロ曲をデュエットに編曲し、さらには、新しいデュエット曲の作曲にもとりかかっていた。

紗英からメールが届いた。紗英からは毎日のようにメールが来た。いつもは日記のようなただの報告だった。ぼくは大学に入って以後の紗英の生活を、ほとんどすべて知っていた。自分の恋人でもない女の子の生活をこれほどまで知っているというのは、考えてみれば奇妙なことかもしれない。でもぼくにとっては、紗英からメールが届き、短い感想を書いて返信するということが、日常になっていた。

その日のメールは、いつもとは違っていた。ぼくへの依頼が書いてあった。

紗英は留学生の支援活動に打ち込んでいた。留学生がアパートを借りる時の保証人を探したり、日本の生活文化に接するために短期のホームステイを企画したり、留学生同士の交流の機会としてパーティーを催したりしていた。

そんなパーティーの余興として、何曲か歌ってくれないかという依頼だった。

復活ライブのステージに比べれば、ささやかな仕事だ。

でも、紗英が初めてぼくに依頼した仕事だから、断るわけにはいかない。

ヒミコとデュエットで歌うことの、快感と危うさがからみあった、息の詰まるような日々から、つかのま逃げ出したいという思いもあった。

母に電話をした。母がぼくのエージェントになっていたからだ。ギャラをもらう仕事ではないが、人前で演奏する仕事なので、いちおう了承を得ておく必要がある。

「その依頼してきた子って、ライブに来た子ね？」

電話の向こうで母が問いかけた。どことなく批判的な口調だったが、パーティーで演奏することに反対はしなかった。

事前に一度、紗英と打ち合わせをした。

紗英はぼくのマンションまで訪ねて来ると言ったのだが、母もいない一人暮らしの住居だから、近くの喫茶店で待ち合わせをした。

暑い夏が終わり、爽《さわ》やかな風が吹いていた。日没が早くなって、待ち合わせの時間には、あたりはうす暗くなっていた。

少し早めに行ったつもりだったが、紗英の方が先にいた。店のウインド越しに、奥の席に座っている紗英の姿を見ると、にわかに胸が高鳴った。ヒミコや築地や、音楽業界の人々とは違った、清楚《せいそ》な輝きが、紗英の全身からあふれだしていた。

ドアを開けると、紗英が笑顔を浮かべた。

こうして紗英と二人きりで話をするのは、短い立ち話を除いては、久しぶりのことだった。というか、中学生のころも、いつも杉田がいっしょにいたから、紗英と二人きりになることはめったになかった。

紗英は出演を快諾してくれたことを感謝し、会場の場所や、参加者の人数などを語った。古い会場で、音響設備なども充分でないと、紗英は済まなそうに告げた。ぼくは生ギターを弾くので、アンプなどは必要ない。会場が狭いので、マイクも要《い》らないだろう。

　打ち合わせのあとで、少し雑談をした。

　といっても、ぼくと紗英との間に、共通の話題は少なかった。結局、杉田の話をすることになる。

「杉田は元気か」

「難民救済の活動に深入りして、休暇の度にアジアやアフリカに行ってるけど、少し心配なの」

　杉田がよく外国に行くことは、紗英からのメールでもしばしば語られていた。

「三年生でしょ。そろそろ就職のことを考える時期よ。彼は旅ばかりしていて、就職のことなんて考えてないみたい」

「杉田がふつうのサラリーマンになるとは考えられない。やりたいことを探しているんだろう」

「ふだんは昼間からアルバイトをして旅行費用にあてているでしょ。大学の勉強、ぜんぜんやってないみたい。レポート出せば単位はとれるでしょうけど、このままでは、何も習得できずに大学生活が終わってしまうのじゃないかと、心配しているの」

「あいつの人生だ。やりたいようにやればいい。就職といえば、中島さんはどうするんだ」

ぼくが尋ねると、紗英は一瞬、真顔になった。

「人のことは言えないわね」

そう言って紗英はクスッと笑った。

「あたしも就職活動はしない。いまのアルバイトを続けるつもり」

毎日メールが届くから、紗英のアルバイトについても、ぼくは熟知していた。紗英は少し前から、難民救済のNGOの事務局で、事務の仕事をしていた。外国との連絡や、政府機関との交渉、広報活動など、事務局の仕事は多岐《たき》にわたっていた。紗英は語学が得意だから、事務員としては優秀だろう。

ただ、杉田と紗英が、同じ方面に興味をもち、同じ世界で生きようとしていることが、ぼくにとっては、二人とのへだたりをつきつけられるようで、つらかった。

二人は社会のために献身しようとしている。ぼくは音楽業界という金儲けの世界の中で、鵜飼《うか》いの鵜を操る人たちに利用されているだけなのかもしれない。

そんなぼくの気持ちを知るはずもないのだが、紗英は明るい調子で言った。

「事務局ではチャリティーコンサートなんかも企画しているから、できれば笹森くんには協力してほしいわ」

確かに、そんなことなら、ぼくにも社会に役立つ仕事ができるかもしれなかった。でもそれは、ぼくがプロのミュージシャンとして、もっと有名になってからのことだ。

そこで話題が尽きた。

しばらくの間、ぼくたちは黙っていた。沈黙が続いても、それほど負担ではなかった。そのことが新鮮な驚きだった。紗英とのつきあいは長い。毎日メールをもらっているから、紗英のことは何でも知っている。その紗英と、いっしょにいる。それだけでぼくは充実した気分でいられた。

ぼくは紗英と会うことを恐れていた。紗英は自分の人生を生きている。彼女の生き方を、じゃましたくなかった。でもいまは、紗英の方から声をかけてくれた。そのことが嬉しかった。

紗英も沈黙をいやがっていなかった。口を閉じたまま、じっとぼくの顔を見つめていた。それから急に、恥ずかしそうに笑った。

「今度のこと、最初はどうしようかと、迷ったのよ」

「どうして迷ったんだ」

「プロになった笹森くんに、あたしたちの小さなパーティーで歌ってもらうなんて、大変なお願いでしょ」

「ぼくはまだ学生だよ」

「テレビや雑誌でも紹介されているわ。もう有名人よ。でも、あたしのお願いなら、笹森くんは聞いてくれるんじゃないかと思ったの」

「もちろんだよ」

ぼくは力をこめて言った。その言い方がおかしかったのか、紗英は声を立てて笑った。

「笹森くんって、ギターはうまくなったけど、中学のころと、変わってないわね」

「そうだな。大人になったという気は、あまりしない」

「あたしもそうだけど」

話しているうちに、中学生だったころの親しさが戻ってくる気がした。


パーティーの当日は、ギターをかかえて会場に赴いた。

古い教会の地下にある、天井の低いスペースだった。新しい耐震基準に適合していなかったのか、柱に鋼鉄の補強材が何本も添えられていた。手作りのカナッペなどが持ち込まれ、紙コップと紙皿が用意された、ささやかなパーティーだった。

参加者は多かった。国籍の異なる留学生たちが集まり、英語と日本語を混ぜて、楽しそうに談笑していた。紗英はこのパーティーの責任者のようで、スタッフを率いて忙しく立ち働いていた。杉田は参加していなかった。紗英しか知り合いがいないので、ぼくは話し相手もなく、ぽつんとしていた。

ライブコンサートに出演したといっても、青い風のファンを相手に歌っただけで、ぼくはまだプロとして一般の人々に認知されたわけではない。留学生たちも、ぼくのことは知らない。

ただ会場の壁には、ライブコンサートの時のポスターが貼《は》られ、そこにはぼくの写真も出ていたから、ぼくがプロのステージを経験していることは、参加者にわかるようになっていた。

ぼくは少し緊張していた。ライブの時は、青い風のファンに、なじみの曲を聴かせるということで、イントロを弾いただけでも会場は盛り上がった。ここでは誰も知らない曲を演奏することになる。

しばらく歓談が続いたあとで、演奏の時間になった。

司会の学生が話し始めても、まだ会場はざわついていた。紙コップについだビールを飲みながら、談笑を続ける留学生もいた。音楽に興味のない人々を前にして、どんな演奏ができるかと、ぼくはぎりぎりまで迷っていた。

プログラムはとくに考えていなかった。自分のソロの演奏だから、オリジナル曲だけで押し通すつもりだった。曲順も考えていなかったが、直前になって、イントロのギター演奏が長い曲を最初に置くことにした。ざわついた会場では、歌う気分にはなれないし、ギターの演奏を聴かせれば、素人《しろうと》の余興ではないことがわかるはずだ。

曲の紹介もせずに、いきなりギターを弾き始めた。フラメンコのような装飾の多い技巧的な演奏を響かせると、会場がしんと静まり返った。全員がこちらに注目した。

ぼくは歌い始めた。

静かなバラードだ。ギターの響きをメインにして、歌はできる限りシンプルに歌う。当世風の曲ではないが、初めて聴く人にも心地よく響くはずの旋律が、確かに聴き手の胸の内にしみこんでいく手応えがあった。

曲が終わると同時に、会場は拍手で包まれた。間を置かずに演奏を再開する。三曲続けて演奏したあとで、いままでの曲が自分のオリジナルだと説明し、続いて復活ライブの簡単な経緯を説明してから、青い風の一曲を歌った。これは有名な曲なので、日本人の学生の中には、あの曲か、といった表情も見られた。

最後はもう一曲、オリジナルを演奏するつもりでいたのだが、ふと気が変わった。

紗英はぼくが演奏している間も、会場の準備に追われていた。演奏のあとで、さらに料理を追加して、本格的なパーティーに入る予定になっていた。その準備がようやく終わったらしく、紗英が聴衆のいちばん後ろに席をとって、ぼくの歌を聴こうとする姿が見えた。

この一曲は、紗英のために歌おう、とぼくは思った。

ぼくは歌い始めた。

幼いころ、クリスマスツリーは大きく感じられた……。

ビー・ジーズの「若葉のころ」。紗英の前で最初に演奏した曲だ。

幼《おさな》なじみの男の子と女の子の淡い恋。やがて二人は別れていく。大人になった少年には、クリスマスツリーは小さく、想い出は遠くに感じられる。

最後列の席で、紗英が、いっしょにメロディーを口ずさんでいるのがわかった。

時が流れ、離ればなれになっても、ぼくたちの愛は永遠だ……。

悲しいフレーズで声が高まり、そこから静かに、曲は結びに向かう。声がとぎれとぎれになり、やがてギターの旋律だけが響く。そのギターの音色もとぎれ、静寂が、会場を包んだ。

わずかな間のあとで、拍手が沸き起こった。

この曲への拍手が最高だった。紗英の席は最後列なのでよくはわからないが、紗英が涙ぐんでいるような気がした。

留学生の中には、日本語がまだ充分に理解できない学生もいるようで、英語のこの曲の方がわかりやすかったのだろう。演奏のあと、再び立食パーティーになると、ぼくは留学生たちに囲まれ、英語で話しかけられるようになった。ぼくは英語は得意ではないが、留学生が話す程度の英語には、何とか対応できた。何よりも、初対面の学生たちと、歌がきっかけで、心が通うようになったことが嬉しかった。

パーティーが終わると、日本人のスタッフだけの二次会があった。ぼくも誘われた。その日は、築地たちとの練習は休みにしてあったので、二次会までつきあうことにした。

二次会では、会が成功したことが話題の中心だった。歌があったので、留学生たちの気持ちがほぐれ、なごやかな会になったというのが、スタッフの一致した意見だった。ぼくもほっとした気持ちになって、皆と酒を飲んだ。

熱意にあふれた学生たちだった。同じ大学生でも、ぼくの周囲にいる軽音楽部の学生たちとはまったく違っている。社会的な視野があり、世のために少しでも役立ちたいという、強いモチベーションをもっている。こんな若者もいるのかと、目をみはる思いがした。

その中心にいるのが、紗英だった。聡明《そうめい》で意欲的な学生たちの中でも、紗英がリーダー格であることは、誰の目にも明らかだった。

二次会の店を出た。帰る方向が同じなので、紗英とぼくは二人きりになった。

地下鉄はまだ動いていたが、ギターがじゃまなので、タクシーに乗った。

タクシーが動き始めると、急に疲れが出たような感じになって、二人とも、黙り込んでいた。

夜の道路はすいている。すぐに自宅の近くになった。

「ねえ……」

紗英がささやきかけた。

「家の近くで、まだあいてるお店ないかしら」

「少し歩くのなら、いくらでもあるよ」

「まだ話したいことが残っている感じがするんだけど」

ぼくは運転手に指示を出した。青い風のメンバーになって以来、練習のあとでスタッフと飲む機会もあって、ぼくは夜の街に詳しくなっていた。

静かなカフェバーがあった。カウンターだけでなく、落ち着いたテーブル席がある。

窓際の席に向かい合って座った。

ぼくはバーボンを、紗英はフィズをオーダーした。

「お酒、強いのね」

紗英が言った。紗英もかなり飲んでいるはずだった。頬《ほお》がほんのりと赤くなっている。

「青い風のメンバーになってからは、飲む機会がふえた。業界の人は飲むピッチが速いから、こちらは控えめにしているんだけどね」

酒が運ばれてきた。何となく、乾杯をした。

「今夜は、ほんとに、ありがとう。まだちゃんとお礼を言っていなかったわ」

紗英が言った。

「話したいことが残っているというのは、そのことか」

「もっといろいろ、話したいことがある気がしたけど、もういいわ」

紗英はぼくの顔を見つめた。

「笹森くんと、二人でお酒が飲めて、嬉しい……」

それはぼくも同じ気持ちだった。こうして二人きりでいれば、とくに話すべきこともなかった。

「あの曲、あたしのために歌ってくれたのね」

紗英が言った。答えを求める問いではない。ぼくは黙っていた。

「クリスマスツリーは、あたしたちにとっても、小さくなってしまったわ。でも、お酒が飲めるから、いいわね」

そう言って紗英は笑った。

紗英は小柄で、童顔だった。いまでも、少女のような風貌をしている。お酒を飲んでいることが、不思議なほどだった。

けれども、紗英は精神的には大人だった。中学生のころから、話しぶりは天真爛漫《てんしんらんまん》なのに、考え方は落ち着いていて、大人びていた。

転校生として、友だちもなく、寂しい思いをしていたぼくを救ってくれたのが、彼女だった。

紗英はぼくにとって、大切な人だ。

彼女を失いたくない。強くそう思った。

時間のたつのが速かった。朝まで開いている店だが、次々に新たな客が来て、店内が混んできたので、店を出ることにした。

深夜の街を、肩を並べて歩いた。二人にとっては、よく知っている街並みだったが、こんな時間に二人で歩くのは初めてだった。

ここを曲がるとぼくのマンションへの近道だという分かれ道に来たが、そのまま通り過ぎた。

「中島さんの家まで送っていくよ」

「ありがとう」

黙って歩き続けた。

杉田医院の前を通った。もちろん、医院の灯りは消えている。そのままさらに無言で歩き続けた。紗英の家が近づいてきた。

不意に、紗英がぼくの腕をつかんだ。伸び上がるように、ぼくの耳に口を近づけて、紗英がささやきかけた。

「笹森くんって、恋人とか、いないの?」

「いないよ」

とぼくは答えた。

第四章　ぼくの大切な人は友だちの恋人だった

ぼくの大切な人は友だちの恋人だった。

でもこれからは、ぼくの恋人だ。そう思いたい。でもそれは、たった一人の親友を裏切ることになる。

復活ライブのCDが発売された。DVDの準備も進んでいる。プロモーションのための短いビデオも編集され、深夜の音楽番組で紹介されるようになった。テレビ局に行くことはないが、事務所で簡単なインタビューを受ける。それが番組内で放送された。ラジオ番組に一人で出演することもある。車椅子の築地は移動が難しいので、ぼく一人が出演する機会が、今後もふえそうだった。そうやって少しずつ、プロとしての仕事に慣れていった。

それでも、多忙というほどではない。大学の授業にも出ることができたし、練習のない休日も設定されていた。

ぼくはメールで、また飲みに行かないかと、紗英に提案した。週末に待ち合わせをして、近所の店に行った。

前回はパーティーの打ち上げからの流れだった。今回がぼくと紗英との、初めてのデートだ。

カフェバーで待ち合わせをして、カクテルを一杯飲んでから、近くのフランス料理の店に行った。母や綿貫さんとよく行く店だ。それからまたカフェバーを回った。すべて自宅から歩いて行ける範囲だ。このあたりには感じのいい店が多い。

ライブコンサートのギャラが、母を通じて振り込まれた。ラジオ出演などのささやかなギャラも入る。業界人が出入りする店にも、支払いの心配をせずに入れるようになっていた。

紗英は小さな体なのに、食欲は旺盛《おうせい》だった。オードブルの小皿が次々に運ばれるフルコースの料理を残さず食べ、ワインもぼくと半分ずつ飲んだ。新しい皿が出る度に、盛りつけを見ただけで歓声をあげ、味わうとさらにおいしいと言って声を高めた。

「難民救済の仕事をしているとね……」

料理を食べながら、紗英は屈託のない口調で語る。

「飢えて死んでいく子供たちの写真をよく見るの。戦争や経済問題や人口の無秩序な増大など原因はさまざまだけど、いま飢えて死んでいく子供たちには何の罪もない。その一方で、こんなおいしいものを食べていていいのかしらと思うけれど、でも、料理もお皿や調度品も、国や民族の文化でしょ。文化を創造する人がいて、受け止めることで支える人がいる。これも大切なことだと思うの。おいしいものを作ってくれるレストランの人には感謝しないといけない。だからしっかりと味わっているのよ」

紗英はほんとうにおいしそうに料理を食べた。見ているだけでこちらまで楽しくなった。ぼくは食事というものを、こんなふうに楽しんだことが、いままで一度もなかったのではと思った。母との食事は気詰まりだった。レストランへ連れていってもらっても、楽しめなかった。最近は音楽関係の人と食事をする機会も多いが、打ち合わせを兼ねているので、食事そのものを楽しむわけではない。たぶん、紗英とこんなふうにレストランに来ることがなければ、ぼくは食事というものの楽しさを知らずにいただろう。

「お店に詳しいのね」

食事のあとの別のカフェバーで、紗英が言った。

「家の近所だから、母に連れられてレストランに来たことはあるけど、バーに入ったことはなかった。仕事の打ち合わせをするようになって、真夜中にこのあたりに来るようになった。こんな店があるなんて知らなかったよ」

「笹森くんのお母さんって、音楽業界のキャリアウーマンでしょ」

「父がいないから、母が働くしかなかったんだ。新人を育てて稼がせる。喉《のど》にひもをつけて働かせる鵜飼《うか》いみたいなものだと思っていた。ぼくは好きじゃなかったけど、自分が鵜飼いの鵜になってみると、母の仕事も、必要なものだということがわかった」

「よかったわね。お母さんの仕事が理解できるようになるなんて、それだけでもすごいことよ」

紗英に言われて、急に、胸を打たれるような気分になった。

ぼくは子供のころから、母を遠い人だと思っていた。海の見える祖父の家で暮らしていたころ、どうして自分の家には、他のふつうの家と同じように、両親がいないのだろうかと考えた。行方不明だという父は、むしろぼくにとって、サンタクロースみたいな、会えないけれども大切な人という気がした。たまに訪れる母親に対しては、なぜ毎日、いっしょに暮らせないのかと、不満を感じていた。

考えてみれば、父は家庭を捨てたのだし、母はぼくを支えるために仕事をしなければならなかったのだ。母をうらむことはなかった。

中学を転校して母といっしょに暮らすようになってからも、ぼくは母との間に距離を保とうとしていた。小学生のころの不満が尾をひいていたのだ。

ぼくを大学の付属高校に入れたのも、母なりに、ぼくのことを考えてくれていたのだろう。父代わりの綿貫さんも、いまはぼくにとって、信頼できる人になっている。けれども、紗英に指摘されるまでは、そのことに気づかなかった。紗英のやさしさが、ぼくの心の中の凍《い》てついていたものを融《と》かしてくれたのだろう。

「中島さんのお母さんって、どんなひとなんだい」

「ふつうのお母さんよ。専業主婦。父はサラリーマンで、ぜんぜん面白くない家庭」

紗英の父は、国の役所に勤めていると聞いたことがある。深夜まで残業が続く仕事で、父とは接点がないという話も聞いた。紗英が自立心の強い、しっかりした女性になったのも、家庭が過保護でなかったせいではという気もする。

紗英といっしょにいると、気持ちが開放される。ふだんぼくは、いつも身構えている。一人きりで生きる寂しさに耐えるために、心の中にバリアを張って、無理をして生きている。けれども、紗英がいると、安心できる。転校生に救いの手を差し伸べてくれた、学級委員の見識とやさしさが、いまも紗英の全身から伝わってくる。

紗英はぼくにとって大切な人だ。でも、ぼくの方は、紗英に何かを与えることができるだろうか。

紗英は社会と関わり、そのことで生きることの充実感を得ようとしている。それは素晴らしいことだが、時には挫折《ざせつ》することもあるだろう。そんな時に、ぼくが彼女の支えになってあげられたらと思う。

「笹森くんは、このまま音楽の道に進むんでしょ」

何気なく問いかけた紗英の言葉に、ぼくは改めて、自分の将来について考えてみた。自分が何を目指しているのか、この先どうなっていくのか、何もわからない。それでもただ一つのことだけは言える。紗英を守り、幸福にしなければならない。

「ぼくはまだ業界のことをよく知らない。父がなぜ、音楽の道を捨てたのかも知らない。才能と運が試されるこの業界で、持続して活動するのは大変なことだと思う。でもいまのところは、機会が与えられれば、自分なりにベストを尽くすつもりだ」

ぼくがそう言うと、紗英は黙ったまま、ぼくの顔を見つめていた。その視線に、温かいものを感じた。いつまでも、この視線に見守られ続けていたいと思った。

店を出ると、冷たい風が頬《ほお》を打った。

いつの間にか季節が移り変わり、秋が深まっていた。

まだ深夜というには早い時間だ。ぼくたちは大人だから、明け方まで飲んでいてもいいはずだった。けれどもぼくの胸の内には、ためらいがあった。紗英とぼくの間には、まだ越えることのできない距離がある。

その距離は少しずつ縮めていくしかない。ぼく自身、紗英との間に距離をとることに慣れすぎてしまっていた。

恐れのようなものがあった。自分は越えてはならない境界線を越えようとしているのではないか。ぼくたちはまだ手を触れ合ってもいない関係だ。けれどもこうして二人きりで会うこと自体、杉田を裏切っているのではないかという気がする。

夜の街を歩き始めた。言葉が出てこない。重苦しい空気が、ぼくたちの前に立ちこめていた。紗英も黙り込んでいる。どこへ行くというあてがあるわけではなかった。気がつくと、自宅の近くまで来ていた。

目の前に、杉田医院の建物があった。住居があるのは裏側だから、診療所のあるこちらの建物に、この時間、人はいないはずだ。

それなのに、誰かの視線を感じた。建物とは反対側の、地下鉄の駅に通じる路地の方に、人影が見えた。横目でちらっと見ただけだが、立ち止まってこちらをじっと見ている男の姿が目に入った。

杉田だ、と思った。

ぼくと紗英が並んで杉田医院の前を通り過ぎていくのを、少し離れた路地の奥から、杉田がじっと見つめていた。

思い違いかもしれない。振り向いて確認するのは怖い気がした。ぼくは足を急がせて、紗英の家に向かった。紗英は何も言わなかった。人影には気づかなかったようだ。

けれどもぼくの胸の奥には、あれは杉田に違いないという確信と、うしろめたさのようなものが残っていた。

数日後、杉田春樹から電話がかかってきた。杉田からの電話は、久しぶりのことだ。紗英とはメールのやりとりをしていたけれども、杉田とは、最近はつきあいがなくなっていた。復活ライブの楽屋の外で、短く言葉を交わしただけだった。

「笹森か。よかった。この電話番号で通じてよかった」

携帯電話を持つようになったのは高校に入ってからで、その時に、杉田と紗英には番号を伝えた。当時は杉田ともつきあいがあったのだが、最近は電話で話すこともなくなっていた。

「忙しいか」

杉田が問いかけた。

中学時代と変わらない口調だ。数年間のつきあいのブランクをまったく感じさせない自然な話し方だった。

「それほどでもない」

と答えると、杉田は、飲みに行こうと誘った。

「おまえと飲んだことって、なかったよな」

確かに、大学生になってからはつきあいが途絶えていたので、杉田が酒を飲むところを見たことがなかった。

　中学のころは親友だった。ぼくは杉田が好きだったし、頼りにしてもいた。杉田からの誘いを断るわけにはいかないし、いま杉田がどんな生活をして、何を考えているかを知りたかった。

　だが、息の詰まるような不安があったことも確かだ。あの時の人影は杉田だったのではないか。それが気のせいだったとしても、杉田は何かを察して、ぼくをとがめようとしているのかもしれない。難しい話になりそうだった。

　杉田は待ち合わせの時間と、家の近くのおよその場所を指定した。その場所に向かっていると、携帯電話が鳴った。杉田が道順を細かく指示した。

　高級なバーラウンジのような店で、すでに杉田は飲み始めていた。

「ここはおやじのツケが利くんだ」

　その言い方で、大学入学に際しての父親との対立は、解消されたことがうかがえた。

「まあ、飲めよ」

　すでにウイスキーのボトルと氷が出ていたので、そのまま飲み始めた。

　飲まないと話しづらい話題が出てきそうだった。

　少し意外な気がした。杉田はそんな弱い人間だったのだろうか。中学のころしか知らないので、酒が飲める年齢になった杉田がどんなふうに変わったかは、想像がつかない。ただぼくが知っている杉田は、決断力のある、明るい性格で、酒で憂《う》さを晴らしたりはしない気がしていた。

「おやじとケンカして、無理に文学部に入ったのは間違いだったかなと思うようになった」

互いの近況を少し話してから、杉田は本題に入った。

「自分が何をしたいのかは、よくわからなかった。いまでもわからないけどな。とりあえずは語学だろうと思って、英文科に入った。でもいまさら英語で小説を読んでも、大した収穫はない。世界の現実は、文学では解決できない気がする。政治や経済の問題も大切だが、まず現実を知らなくてはいけないと思って、大学の休みの度に、アジアやアフリカに行ってみた。難民救済の手伝いをしながら、現実に触れることは有意義だったと思う」

杉田はとくに暗い口調ではなく、淡々と、自分の胸の内を語る。

「だけどな、いまのおれにできることは、寄付で調達した救援物資を配ったり、日本や外国の機関と連絡をとったり、力仕事に加わったり、まあ言ってみれば、使い走りのようなことだけだ。英語が少しと、慣れた地域なら現地の言葉が少しわかる程度で、地域に役立つような専門知識は何もない。井戸を掘るとか、橋をかけるとか、土木工学の知識があるわけではないし、医薬品についての知識もない。実際に現地で役に立つのは、技術者や医者なんだ。医学部に入らなかったことを後悔しているよ」

杉田は開業医の跡継ぎになることを嫌って、医学部進学を拒否したのだが、確かに、医学を学んで、それをもっと社会的に有効な試みに役立てることはできるはずだった。

「いまから医学部に入り直すのも大変だしな。国立文系に落ちて私立大学に入ったくらいだから、国立の医学部に入るのも難しいだろうし、私立の医学部は金がかかる。跡を継ぐつもりはないから、おやじに学費を出させるわけにもいかない。それで悩んでいるんだ」

言葉は深刻だが、杉田はとくに悩んでいる表情も見せずに、静かに語った。

親の要望に沿って、医学部に進んでいれば、頭のいい杉田のことだから、さして苦労もなく医師の試験に合格して、杉田医院を継いでいたことだろう。穏やかで安定した生活が約束されていた。その安定を捨てて、社会的視野を拡《ひろ》げようとしている杉田の姿勢は、立派で頼もしいと感じられた。

「悩むことはない。好きなようにやればいいんだ。きみなら大丈夫だ」

ぼくがそう言うと、杉田はわずかに表情をくもらせた。以前には見せたことのない表情だった。

「安請け合いするな。なぜ大丈夫なんだ」

「きみは誠実で冷静な人間だ。いつもベストの選択をする。お父さんもわかってくれると思うよ」

「おまえは両親の束縛を受けない自由な人間だからそんなことが言えるんだ。おれの両親もうるさく指図するタイプではないが、ありがたいほど温かい視線でおれを見守ってくれている。それがおれには負担なんだ」

そう言って、杉田はストレートに近いウイスキーをあおるように飲み干した。

杉田がこんな飲み方をするとは、思ってもいなかった。

「おれは弱い人間なんだよ」

杉田はグラスに新たな酒を注《つ》ぎ、ゴクッと喉を鳴らして一口飲んでから、つぶやくように言った。

「どうしてだ。中学時代のきみは、強かったじゃないか」

励まそうとして言ったのだが、杉田は寂しげな笑い方をして、大きく息をついた。

「中学時代のおれは、勉強もスポーツも、同級生には負けなかった。それに、おれは明るくふるまっていた。だから友だちは多かったが、心を開いて話せたのは、笹森、おまえだけだ。おまえは転校生で、それまでのおれを知らないから、白紙の状態でつきあえた。それにあのころのおまえは、暗くて、おどおどしていたから、おれはおまえといっしょにいると、安心できたんだ」

そのことは、ぼく自身も感じていた。勉強でも、スポーツでも、ぼくは杉田より劣っていた。でもぼくは、明るくふるまっている杉田の内面に、繊細なものが隠されていることを知っていた。杉田とぼくとは、表面はまったく反対のように見えていながら、実は、似たところのある人間なのだ。杉田は孤独で、傷つきやすい人間だった。そのことを知っているのは、たぶん、ぼくだけだ。

「でもきみは、実際に勉強ができたし、スポーツも万能で、クラスの人気者だった。それは強い人間でなくてはできないことだ。ぼくは、きみのことが、うらやましかった」

「勉強やスポーツができるといったって、小さな中学で目立っていただけだ。高校に入ると、おれは勉強ではとくに目立つ生徒ではなくなった。スポーツだって、運動部の生徒にはかなわない。するとおれは、それまでおれを支えていた明るさも失ってしまった。友だちもいなくなって、あのころは、紗英だけが支えだったな……」

杉田の口から、初めて、紗英の名が出た。

ぼくを支えてくれたように、紗英は、杉田の心の支えにもなっていたのだ。ぼくは急に、胸が苦しくなった。紗英はぼくにやさしく接してくれる。いまのところはまだ距離がある。できれば、もっと深くつきあいたい。でもその願いが実現すれば、ぼくは杉田から、大切な心の支えを奪ってしまうことになる……。

ぼくの動揺には気づかずに、杉田は自分の悩みを語り続けた。

「おれは自分の弱さを隠して生きてきた。中学までは人気者になれたが、偏差値の高い高校に入るとごく平凡な生徒にすぎない。するとおれは自分のプライドが保てず、人間関係につまずいてしまった。おれは他人にこびてまで友だちになりたいとは思わなかった。自分が人より目立つところがあって、自然に人が集まってくる。中学まではそんな感じだった。そんなやり方でしか、おれは友だちを作れなかった」

杉田は大きく息をついてから、さらに言葉を続けた。

「高校に入って、おれは自分の能力に限界があることを知らされた。おれよりもっと勉強の出来るやつがいる。それでも一貫教育の有名私立校に比べれば、おれの高校なんてごく平凡な公立校だ。学年で一番でも、東大の医学部には入れない。その程度のレベルの高校で、平凡な成績しか残せない自分の能力に、絶望せずにはいられなかった。おれは自分とは何かがわからなくなった。自分が何をしたいのか、何を目標にして生きていけばいいのか。わからないままに、安定した道に進むことだけは避けたかった。とにかく、おやじの跡を継ぐのはいやだったんだ」

杉田は喉の渇きをいやすように、酒をあおった。

「東大の医学部に入れるなら、おれは父の医院を継いだってよかったんだ。最高の成績で医者になって、それで町医者になって庶民の健康を支えるというのも、立派な生き方だと思う。だが、父が開業医だからといって、大した成績でもないのに、高額の寄付金を積んで私立の医学部に入ったりするというのは、おれにはがまんできない生き方だった。そんな人生を送るくらいなら、貧乏でもいい。微力でもいいから、悩んでいる人、困っている人の支えになれるような、誠実な生き方をしたいと思った。それでおれは文学部を選んだんだ」

杉田は口を閉じた。少し疲れたようだった。話し疲れたというよりも、最初から、杉田は疲れ切っている感じがした。励ましの言葉をかけたいと思った。でもぼくにどんな言葉がかけられるだろうか。ぼくは息を詰めるようにして、胸の内で言葉を探った。

「きみが文学部を選んだ気持ちはわかるよ。それからいま、医学を勉強すべきだと思う気持ちもわかる。どちらも誠実に考えた結果なのだから、ちゃんと話せば、お父さんもわかってくれるはずだ。正直に、すべてを話せばいいんだ」

ありきたりな言葉だと思いながら、そんなことを言うのがせいいっぱいだった。杉田は微笑を浮かべた。

「おまえはいいやつだ。おまえにそう言われると、元気が出るよ」

杉田の酒を飲むピッチが止まった。気分が落ち着いたようで、酒をあおらなくても、穏やかに会話ができるようになった。自分のよく知っている杉田が帰ってきた気がした。

あとは雑談になった。杉田の海外体験をいろいろと聞かされた。ぼくも少しだけ、コンサートの裏方としてツアーに参加した経験を語った。

「中学生の時のおれは輝いていたな」

話が復活ライブに及んだ時、杉田がぽつりとつぶやいた。

「おれはサッカーでもサッカー部のやつには負けないつもりでいた。ギターだって、おまえなんかより、おれの方がずっとうまいと思っていた。その後、おまえは練習を続けて、おれなど及びもつかないミュージシャンになった。プロというのは、そういうものなのだろう。おれは何でもできる気でいて、結局、何一つものにできなかった」

そう言ってから、杉田は酒をあおるのではなく、遠くを見るまなざしになった。

確かに、あのころの杉田は輝いていた。勉強もスポーツもできて、おまけにギターがうまい。そのどれか一つをとっても、ぼくには遠く及ばないものばかりだった。ギターだけは、がんばれば追いつけるのではないかと、必死に練習した。サイモン&ガーファンクルをやり、ビー・ジーズや、時には紗英をまじえてピーター・ポール&マリーをやる。バランスのとれた演奏をするためには、ぼくが杉田の技術に追いつかないといけない。

努力をするしかなかった。それを苦痛に感じたことはない。ぼくにはギターしかなかったからだ。ギターのおかげで、紗英と出会い、そして、杉田と親友になれた。

いまのぼくがあるのは、杉田のおかげだ。その杉田が悩んでいるのに、ぼくは何もしてやれない。そのことがつらかった。

杉田はぼくが紗英とつきあおうとしていることを知らないのか、話題にしなかった。いつ杉田に責められるのではないかと恐れていた自分が、恥ずかしかった。

ぼくは自分から、紗英のことを話題にした。

「きみが悩んでいることを、中島さんは知っているのか」

「紗英には何も話していない。話してもどうしようもないし、悩ませるだけだ。おれとおまえは、男同士だ。だからわかりあえることがある。自分の悩みを、女に相談しようとは思わない」

そう言ってから、杉田は言葉が過ぎたと反省したのか、あわてて付け加えた。

「でも、紗英には本当に感謝している」

杉田の目に、うっすらと、涙が浮かんでいた。

「中学、高校、大学と、時がたつにつれて、おれは自分が小さくなっていくように感じていた。けれども、いつもそばに紗英がいてくれた。いまになってみると、そのことが、身にしみるほどありがたいと思う。紗英とは幼なじみだ。いつも子供のころと同じ調子で、ぶっきらぼうな扱いをしてしまう。それでも紗英はおれから離れていかない。どんなことがあっても、紗英だけはおれのそばにいてくれる。それがおれの心の支えなんだ」

ぼくは息をつき、それから、自分のグラスの酒を、一気に飲み干した。


「どうした、集中力がないぞ」

練習の時に、築地達也に怒鳴られた。

ギターを弾いているうちに、杉田と紗英のことが頭の中をよぎる。中学のころ、ピーター・ポール&マリーやサイモン&ガーファンクルを演奏していた杉田の鮮やかな指づかいが、つい昨日のことのように想い浮かぶ。想い出にふけっていると、つい自分の演奏がおろそかになる。

「悩みごとでもあるのか」

築地がささやきかけた。いつもの地下室のスタジオだから、少し顔を近づけるだけで、ささやきが聞こえる。ヒミコをまじえた三人だけの練習だった。

ぼくは黙っていた。

築地は厳しい表情で、言葉を続けた。

「人は誰だって悩みをかかえている。その悩みを芸術に変えて表現するのがアーティストだ。自分の胸の中の悩みを、音に変換するんだ。苦しみをギターの音色に変え、悲しみを声に乗せればいい」

低い声だったが、築地の言葉には重みがあった。胸をつかれる思いがした。

このグループに加わったばかりのころに、築地が言った言葉を想い起こした。三人の間には微妙な関係があって、その緊張感が青い風というグループの魅力になっていた……。三人で演奏することの危うさを、ぼくは知っている。息が詰まり、胸の奥に刃物を突き立てられるような思いをする。青い風の三人は、その胸の痛みをバネにして、音楽を創造していたのだろう。

自らの胸の痛みを音に変える。それは命を切り刻むような試みだ。プロというのはそういうものなのか。

ぼくは黙って、曲のイントロを奏で始めた。思いがけず鋭い音が、弾けるように飛び出していく。

築地は大きくうなずいて、キーボードで伴奏を始めた。

ぼくは歌い始めた。声にもふだんより感情がこもって、自分でも驚くほどの伸びのある響きになった。狭いスタジオが、きしむような音を立てる気がした。

胸の中に充満していたもやもやとした気持ちが、ギターの音と声になって、スタジオの狭い空間に広がっていく。

一曲を歌いきると、そのぶん、心の中が軽くなっている気がした。

いままでは夢中で歌ってきた。それで復活ライブでは、充実した演奏ができたように思っていたが、まだまだプロの世界は奥が深いという気がした。それでも、自分としては、未知の領域に一歩踏み出した気がして、達成感のようなものを覚えた。

柳原社長も、綿貫さんもいないから、拍手は起こらない。ぼくはしばらくの間、荒く息をついていた。

その時だった。ぼくは気配のようなものを感じた。

この部屋には三人しかいない。ぼくの歌を聴いてくれるのは、築地とヒミコだけだ。ヒミコの強いまなざしが、胸を押しつけるような気配となって押し寄せてきた。ぼくはびくっと身をふるわせて、ヒミコの方を見た。

ヒミコがぼくを見つめていた。

誘惑するような妖しい目の輝きの中に、少女のようなピュアな光が宿っていた。まるでアイドルタレントにあこがれる純朴なファンのような、謙虚で慎ましい、秘めた情熱が感じられた。

そんな目で見つめられると、ぼくは動揺せずにはいられなかった。立場が逆転している。彼女はプロで、ぼくは素人《しろうと》にすぎない。

不意に、ヒミコが歌い始めた。

星ケンのソロだったものを、築地が新たにデュエット用に編曲した歌だ。ヒミコが自分のパートを、アカペラで歌い始めた。

築地が不安げに、ヒミコの方に振り返った。ぼくはとっさに、ギターのストロークで和音を鳴らして、ヒミコの歌を支えた。

歌っている限り、ヒミコはスイッチが入り、高揚する。復活ライブで区切りをつけると言っていた築地が、その後も練習を続けているのも、歌っていればヒミコが元気になるからだった。そのために古い曲を練習するだけでなく、編曲してデュエットで歌える曲を増やしていた。だがそこには、危険もあった。ヒミコの高揚がピークに達した時、そこで一挙に燃え尽きてしまうのではないか。

そんな危うさを感じるほどに、ヒミコの高揚は日ごとに高まっていく。

今日も、ヒミコは最初から、トーンが高かった。声に異様な張りがある。まるで巫《み》女《こ》が神懸《かみがか》りになったみたいに、声がピーンと張りつめて、スタジオの天井や壁に響き渡る。ぼくも声を出して、ハーモニーを支えようとした。

ヒミコが、ぼくを見つめていた。挑むような視線だ。ぼくは身を固くしながら、その視線に耐えようとして、さらに声を高めた。

声と声とがぶつかり合い、からみ合う。狭いスタジオではスピーカーの音量を上げるとハウリングを起こすので、ギターは生のまま、キーボードの音量も最小にしぼってある。その静かな空間に、マイクを通さない、生のままの声が響き渡る。

ぼくの声がヒミコの胸に届いたのか、視線がわずかに和《なご》んだ。

ヒミコの顔に、笑みが浮かんだ。

その瞬間、ヒミコの顔と姿の全体に、妖しい光が宿った気がした。天女か魔女か、どちらかはわからないが、強い力で惹《ひ》きつけられる。

かなえられない恋の歌だった。ヒミコの口から、嘆きの言葉が投げつけられる。ぼくは同じ言葉でハーモニーを支えているだけだ。ヒミコと同じ言葉が、ぼくの口からも出ていく。言葉と言葉が重なり合う。嘆きと嘆きが融け合って、熱い思いでスタジオ全体が満たされていく。

頭がくらくらしそうになるのを、胸の奥から声をしぼりだして、もちこたえた。

あなたが好き、あなたが好き、あなたが好き……。

リフレインの言葉が弱まり、ささやきだけが余韻となって残る。そこで曲が終わる。

静けさに包まれても、ヒミコのささやきが、耳もとにこだまのように残っている。

こちらを見つめるヒミコの目が、うるんでいる。

静けさの中で、ヒミコがぼくを見つめながら、ささやきかけた。

「誰かを好きになったこと、ある?」

ぼくは、答えることができなかった。

青い風の活動に、新たな展望が見えてきた。当初は復活ライブで歌わなかった曲を練習し、新曲や新たな編曲の作品も数曲入れて、CDアルバムが出せればということだったのだが、柳原の売り込みが成功して、テレビの深夜枠で、ミニライブの番組を放送することになった。

テレビ局のスタジオにファンを入れて、ライブ演奏をする。それを録画して、あまり編集を加えずに後日、放送するというものだ。放送日の前には集中して、番組宣伝のスポットが流れる。テレビ局の予算で、大量の宣伝活動ができることになる。放送日に合わせて、新曲のシングルを発売し、少し遅れて準備を進めてきたアルバムも出す。番組そのもののDVD化も検討されていた。

ヒミコの体調を考えると、まだツアーができる状態ではないという築地の提言を尊重して、柳原は小さなスタジオでのライブを企画したのだった。これなら負担は少ないし、テレビ局が企画に加わっているので、録画の機材やスタッフは、局側が準備してくれる。番組宣伝のスポットを流してくれれば、無償でCDの宣伝をしてもらうようなものだ。

築地はミニライブのための新曲を新たに二曲、準備していた。そのうちの一曲の楽譜が手渡された。「スティル・アローン」というのがタイトルだ。

恋の歌だ。それも、女声ヴォーカルと男声ヴォーカルが交互に歌うというスタイルのものだった。これまでは、ヒミコが歌い、ぼくがハーモニーをつけるという形で、同じ歌詞を歌っていたのだが、今度はそれぞれが女の立場から、男の立場から、語りかけることになる。

築地の意図は明らかだった。ヒミコの気持ちをさらにかきたてるために、よりドラマチックな設定で、愛を語ろうというのだ。

歌の中に物語が設定されている。互いに愛し合っていながら、思いを相手に伝えきれずに離ればなれになった男女がいる。秘めた思いをつぶやきのように女が歌う。つぶやきはやがて深い嘆きに変わっていく。今度は男が、自分の悩みを語る。満たされない思いと思いが、結ばれないままに、声がむなしく高まり、言葉がすれちがっていく。

楽譜を見ただけで、築地の狙《ねら》いがわかった。ドラマ仕立ての虚構の中で、ヒミコとぼくは、役柄を演じ、烈《はげ》しいパッションを声で表現することになる。

「これはいままでの青い風にはなかったスタイルの歌だ。もしかしたら、危険な試みかもしれない」

楽譜を見せる時に、築地はヒミコとぼくに言った。ヒミコがどんな反応を見せるか、築地もぼくも、不安を抱きながらようすを見守っていた。

「単純な歌ね」

言葉は冷ややかだったが、ヒミコの顔には満足そうな笑みが浮かんでいた。

「メロディーがシンプルだから、気持ちをこめて歌いましょうね」

ヒミコがぼくに向かって言った。スタジオのミニライブでは、サポートのミュージシャンを加えず、三人だけの、静かなサウンドを打ち出すことになっていた。そのため築地は、ヒミコにはコンパクトなアコースティックピアノ、自分自身はシンセサイザーでベースの音だけを出せるようにしたコンパクトな楽器を用意していた。これを片手だけで、ベースのように演奏する。

築地がベースのリズムを刻み始めた。

そのリズムに乗せて、ぼくはイントロのメロディーを奏で始めた。

続いてピアノが和音を響かせる。

静かなスローバラードだ。楽器の演奏は難しくない。

女声ヴォーカルが歌い始める。

ヒミコは落ち着いていた。気負ったところが少しもない。いかにもプロらしい、余裕のある歌いぶりで感情を抑制しながら、微妙なビブラートで、内に秘めた思いを聴き手に伝える。

続いて男声ヴォーカルのパートになる。ヒミコの落ち着いた歌いぶりに接して、ぼくの気持ちにも余裕ができた。大げさにならないように、ささやくように歌う。声を抑制すればするほど、思いが強くなる。

　ヒミコが歌い、ぼくが歌う。静かな語らいの中に、愛し合っていながら結ばれない男女の、悲痛な思いが、スリリングに封じ込められている。

サビのない歌だった。爆発的な盛り上がりや、感情の発散のないままに、曲が終わる。胸の内に充満した情念は、行き場を失い、痛みをともなった深い悲しみだけが残る。

　ヒミコはぼくを見つめている。ぼくもヒミコを見つめている。胸の内に、重苦しいものを抱いて、深く息をつきながら、互いを見つめ合っている。

「よかった。それでいい」

　築地が声をかけた。だが、ぼくとヒミコは、互いの顔を見つめ合ったまま、じっとしていた。

　ぼくたちは、舞台の上の役者のようなものだ。歌っている間は、物語の登場人物になりきって、強い感情に駆り立てられている。歌は虚構であり、築地が設定した男女の役柄を演じているだけだ。けれども、芝居の舞台と違って、短い歌詞の中に、具体的な物語が書かれているわけではない。虚構ともいえない仮想の舞台の上で、ヒミコとぼくは、やりきれない感情を胸にかかえたまま、役柄を演じきった。

　歌が終わっても、すぐにはもとの自分に戻れない。

不意に、ヒミコがあでやかな微笑を浮かべた。

「このままでは、終われないわ。欲求不満になってしまいそう」

築地は厳しい顔つきで答えた。

「ミニライブの構成で、二つの曲がセットになっている。この『スティル・アローン』という曲の直後に、『再会』というアップテンポの激しい曲をやる。それでたまっていたものを爆発させるんだ」

「その曲を歌いたいわ」

「ものごとには手順がある。いまはこの曲に集中してくれ」

ヒミコは、いらだったように息をつき、ぼくの方に向き直って言った。

「疲れたわ。お酒でも飲みましょう」

ぼくの答えを待たずに、ヒミコは階段の方に行って、一階の事務所に声をかけた。

「ミナちゃん。練習は終わりよ。二階でお酒飲むから、用意して」

ヒミコには、パワーがみなぎっていた。復活ライブのころは、歌っている時にはパワーがあるのだが、歌が終わると、スイッチが切れたように元気を失っていた。いまはそのパワーが、かなり長く持続するようになった。感情の浮き沈みは残っているのだが、高揚している時間が長くなった。築地の狙いがいまのところは効果をあげていた。

「さあ、上に行きましょう」

ヒミコがささやきかけた。これまでのヒミコなら、急に感情が冷めて、築地の車椅子を押す役に引きこもるところだが、精神の高揚がまだ続いている。

ぼくの方がうろたえてしまった。

「築地さんはどうするんですか」

「待たせておけばいいのよ。ミナちゃんがあとで来るわ」

そう言うとヒミコはぼくの手をとった。

階段を昇って、二人だけでリビングルームに入っていくと、ミナちゃんが驚いてこちらに目を向けた。とがめるようにヒミコをにらみつけてから、あわてて地下に築地を迎えに行く。ミナちゃんの人間らしい表情を、初めて見た気がした。

ヒミコは冷蔵庫からシャンパンを出して、栓を留めてあるワイヤーをぐいぐいとねじり始めた。

「乾杯しましょ」

グラスを二つだけ出して、ヒミコは酒を注いだ。

エレベーターの音が響いた。リビングルームの内部に扉がある。その扉が開く直前に、ヒミコはグラスをカチンと合わせて、酒を一気に飲み干した。

ヒミコが空のグラスをテーブルに置こうとした時、扉が開いた。ぼくはまだ酒の入ったグラスを持ったままだった。車椅子の上から、築地が鋭い目つきで、ヒミコとぼくを見ていた。


自宅に帰ってメールを開けた。

いつものように、紗英からのメールが届いている。ふだんと同じ日常の報告のあとに、さりげなく、文章が続いていた。

「今度また、飲みに行かない？」

紗英の方から誘うのには、勇気が必要だったかもしれない。それとも、軽い気持ちで、ただ飲みに行こうといっているだけなのか。

楽しかった夜の想い出がよみがえった。

ぼくは返信のクリックをしようとしてマウスを握ったまま、息を詰めていた。

いまの杉田から紗英を奪うことはできない。

同時に、紗英に会ってしまうと、自分の気持ちが動揺して、新曲の練習に集中できないという気がした。

ミニライブのための新曲の練習が続いているので、いまは時間がとれない。

そんな返信を書いた。練習は毎日あるわけではなく、ぼくは大学の授業にも出ていた。飲みに行くひまがないわけではない。そのことで、紗英にも嘘をついたことになる。

杉田には、紗英が必要だ。

ぼくは二人から遠ざかるしかない。練習に集中する。それがプロのミュージシャンのつとめだろう。そんなふうに、自分に言い聞かせた。

ぼくからの返信メールを読んだ紗英の、失望するようすが、目に浮かぶ気がした。


築地はぼくのためにもソロの新曲を作ってくれた。ぼくが歌うことを前提として書かれただけに、いままでの曲よりも若々しく、感情をストレートに表現するものになっていた。そのぶん気持ちを乗せて歌わなければならず、ぼくは緊張して歌うことになった。

「少し硬いな」

築地が注文をつけた。自分でもわかっていた。紗英のメールに応えなかったことが気にかかって、気分が重くなっている。気持ちが盛り上がらず、歌も沈みがちだった。

「今度はスタジオでのライブだ。カメラがアップで表情をとらえる。本気で歌わないと、ごまかしがきかない」

ぼくは紗英に頼まれた留学生のためのパーティーのことを思い起こした。

小さな会場だったが、ぼくのことを知らない留学生を前にして、ぼくは余裕をもって歌っていた。感情を充分にコントロールして、観客の反応をうかがいながら、最後は会場の全体が興奮に包まれるような演奏ができていた。

なぜ同じことが、いまはできないのだろう。

紗英がいたからだ、と思った。紗英への思いが、自分の気持ちをかきたて、それが歌にのって聴き手の胸に届いたのだ。

いまは紗英への思いを断とうとしている。これでは歌えない。

「すみません。もっと練習します」

そんな言い訳をするしかなかった。

築地はぼくの顔をまともに見すえて言った。

「今度のライブは、自然な響きを大切にしたい。つまり、生のサウンドということだ。歌も、気持ちが生に出るように歌ってほしい」

ぼくが歌の練習をしている間、ヒミコは練習に参加して、黙々とピアノを弾いていた。けれども、いらだっているようすが、表情や、演奏に感じられた。

機材につながれたキーボードと違って、生のピアノは、正直に音が出る。ヒミコの演奏に心がこもっていないことは、築地も感じているはずだが、無視していた。

ぼくと築地が、歌い方について話し合っている時、不意にヒミコが、ピアノの鍵盤《けんばん》を強い力で叩《たた》きつけた。

「あたしの曲は、どうなったの？」

たまっていた不満が爆発したみたいに、ヒミコは声を高めた。

築地は静かに応えた。

「曲はできている」

「できているのに、どうして練習しないの？」

「ヒデ子が疲れてはいけないので、ようすを見て練習を始めるつもりだ」

築地はわざとヒミコの本名を呼んだ。ヒミコは長く高揚した状態を持続させていた。スイッチが入りっぱなしで、過熱気味だ。ハイ状態になっているヒミコの興奮を、少しでも冷まそうとする意図が感じられた。

ヒミコはいらいらしたようすで、築地をにらみつけた。

「あたしはいつでも練習できるわ。あなた、嫉妬《しっと》してるんじゃないの？　あたしたちがデュエットで歌うのがおもしろくないんでしょ」

「きみはまだ完全に回復したわけじゃない。興奮しすぎると、コントロールがきかなくなる」

「あたしが、キレるっていうの？」

「そういう言い方が、キレかけている証拠だ。今日は練習は中止だ。少し休んだ方がいい」

築地がそう言うと、ヒミコは急に涙を浮かべた。

「あたしは達也さんの車椅子を押す奴隷なのね」

「それはきみの選んだ役割なんだ。いやならやめればいい。車椅子はミナちゃんが押してくれる」

ヒミコの顔がこわばった。目に憎悪がにじみだしている。

「わかったわ」

つぶやくように言って、ヒミコは目を伏せた。表情がこわばっている。初めて出会った時の、ひたすら車椅子を押すだけのヒミコに戻っている。

練習は打ち切りになり、ヒミコは寝室に引きこもってしまった。

練習のあとは、すぐに帰ることも多いが、築地に誘われて、二階のリビングで軽く飲んでいくこともある。その日は、築地は飲まずにはいられない気分だったようだ。

ぼくが車椅子を押して、エレベーターで二階に上がった。

事務員のミナちゃんが、酒の用意をしてくれた。

ミナちゃんはほとんど毎日、残業している。築地といっしょに練習するようになってわかったことだが、ヒミコは気まぐれで、感情の起伏が激しかった。いつも築地の車椅子を押す役に徹しているわけではない。かげでミナちゃんが築地を支えているのだ。

「きみと練習するようになって、ヒミコは少しずつよくなっているように見えるが、時には、元に戻ってしまったのかと思うこともある。ヒミコは心の窓を、開いたり、閉じたりする。きみの存在が、彼女の心を開かせているともいえるが、逆にきみの存在のために、心を閉ざしてしまうこともある。彼女の心は微妙で、複雑だ」

酒を飲みながら、築地は語り始めた。

ヒミコの心が微妙に揺れ動いていることは、ぼくも感じていた。わずかなことで元気になったり、意気消沈したりする。練習も長く続けることができない。復活ライブの前は、こんなことはなかった。ヒミコはおおむね心を閉ざしていた。それでも、楽器の演奏だけは、黙々とこなしていた。

「復活ライブはタイミングがよかった。ヒミコが心を開こうとする瞬間に、練習による刺激が重なって、ステージで思いがけない奇跡が起こった。きみが協力してくれたおかげで、ヒミコは心を開いた。しかしステージが終わると、ヒミコはまた心を閉ざしてしまう。それが、きみと練習を続けることで、開いたり閉じたりの振幅が激しくなった。それだけに、今度のミニライブは、危険な賭《か》けだとおれは思っている」

築地はスコッチのオンザロックを立て続けに飲み干した。

「復活ライブの時よりも、ヒミコは扱いにくくなっている。笹森くん、きみもそう思うだろう」

築地の指摘には、同意するしかなかった。ぼくは無言で、軽くうなずいてみせた。

築地は大きく息をついた。

「ヒミコのリハビリになればと思って始めたことだが、反対に、墓穴を掘ることになりかねない。今度のミニライブは、テレビ局のスタジオの中に作った特設の客席だから、観客の人数は限られたものだ。入場料もとらない。それでもテレビ局の募集に応募してくれたオーディエンスだから、密度の濃い観客ということもできる。彼らの期待を裏切ることはできない。ライブは成功させたい」

ぼくも少しだけ酒を飲んだ。飲まずにはいられない気分だった。

気分の乗っている時のヒミコは、素晴らしいパフォーマンスを見せる。その姿を、全国のファンに見てもらいたい。その思いは、築地もぼくも同じだ。

時々練習を見に来る柳原社長や綿貫さんは、調子が出ている時のヒミコしか知らない。感情の起伏が激しく、爆弾をかかえているような危険があることを知っているのは、築地とぼくと、そして事務所のミナちゃんだけだ。

「笹森くん。きみの本当の気持ちを聞きたい」

築地はぼくの顔をまともに見すえて問いかけた。

「きみは心の底からミニライブの成功を願っているか」

相手の意図がわからなかった。ただ問われたことに、答えないといけないと思った。

ぼくは答えた。

「もちろんです。ここまで練習してきたんですから、成功させたいと思います」

「それなら、きみに頼みがある」

ぼくを見つめる築地の目に、妖しい炎のようなものが宿った気がした。

「ヒミコと寝てくれないか」

築地がささやきかけた。

何を言われたのか、すぐにはわからなかった。ぼくが黙っていると、築地は重ねて言った。

「ヒミコを抱いてやってくれ。あいつは、きみに恋をしている」

それは歌という虚構の世界の話だ。歌っている瞬間は、ぼくも、ヒミコに恋をしているといっていい。ぼくは音楽が好きだ。最高のパフォーマンスを見せたいと思っている。しかしそのために、ヒミコとぼくが本当に愛し合う必要があるだろうか。

ぼくは女性とインティメートにつきあったことはない。紗英とは、いっしょに食事をし、語り合っただけだ。

一度だけ、紗英がぼくの部屋に来たことがある。中学校で、最初に言葉を交わした日のことだ。学級委員の紗英は、ぼくの部屋までついてきた。ただギターを弾き、いっしょに歌っただけだったのだが……。

その日以来、ぼくは紗英だけを愛している。いつの日か、もう一度、紗英がぼくの部屋に来ることがあれば、それはぼくたちが永遠に結ばれる日だ。

それが、本当の愛だ。ゲームでも、パフォーマンスでもない。たとえ音楽のためでも、ぼくは、愛を裏切ることはできない。

ぼくが黙り込んでいると、築地は当惑をあらわにして、弁解するように語り始めた。

「復活ライブの直前から、ヒミコは急速に心を開き始めた。星ケンの死以来、心を閉ざしていたヒミコの心に、きみが新たな灯《ともしび》を点《とも》したのだとおれは思っている。おれはわらにもすがるような思いで新曲を書いた。曲の中では、ヒミコときみは、仮想の恋人同士として、思いを語り合う。だから歌っている間は、ヒミコの心は燃え上がる。しかし歌が終われば、きみは現実に戻る。それだけで、ヒミコはきみに冷たくされたと思う。いまのヒミコには、空想と現実の区別がつかなくなっているんだ。もしもきみの愛を確認することができれば、ヒミコの精神は安定し、音楽に集中できるはずなんだがな」

歌っている時のヒミコの姿が、目の前に浮かび上がる。歌が演出する仮想の物語の中では、ヒミコはきらめいている。そんなヒミコを、確かにぼくは愛している。でもそれは、ただの物語にすぎない。

ぼくは築地の顔を見つめながら、問いかけた。

「初めて大学構内で、あなたがたの姿を見た時、ぼくはヒミコさんが、築地さんの奥さんだと思いました。ヒミコさんは、あなたが好きだったんじゃないんですか」

「ヒミコはおれを愛していた。それは事実だ」

目をそらし、遠くを見つめながら、築地は答えた。

「星ケンとおれは、高校時代の仲間だ。親友といっていい。二人でプロを目指して、ストリートで演奏したり、セミプロのグループの前座をつとめたりしていた。ヒデ子はそのころからの、熱心なファンだった。彼女は本当は、きみのお父さんのファンだったんだ。星ケンは、笹森タケシに、少しだけ感じが似ていた。それでヒデ子は、星ケンを追いかけ回すようになった」

築地ははるかな昔を懐かしむような口調で言葉を続けた。

「ふうがわりな女の子だった。体は棒きれみたいに痩《や》せていて、無口で、うわついたところは少しもない。おれたちがストリートで歌っていると、いつも少し離れたところから、思いつめたように、ひたすら星ケンを見つめ続けていた。あんまり熱心だったので、冗談半分に、星ケンとデュエットしないかと声をかけたんだ」

築地の顔が急にひきしまった。声をひそめ、真剣な目つきで、築地は言った。

「初めてヒデ子の歌を聴いた時のショックは、言葉にできないくらいだった。うまいとか、へたとか、そんな判断は超越していた。彼女は、魂の底から声を出す。そんな感じだった。おれも、星ケンも、驚いて、途中でギターを弾くのを止めてしまったほどだ。それでもヒデ子は、陶酔したように、アカペラで最後まで歌いきった。その時に、この娘《こ》は精神状態がふつうではないのではと感じた。けれども、アーティストなら、そんなことは問題じゃない。おれたちはヒデ子をメンバーに入れてレコード会社に売り込んだ。たちまち、プロデビューが決まった。ヒデ子がヒミコになったのもそれからだ。デビュー曲も、ヒミコの歌だった」

十年以上も前の、青い風の青春が語られている。ぼくにとっては、遠い昔の話ではあるが、自分と無縁の物語ではない。星ケンがいなくなり、その場所に、いまはぼくが立たされているのだ。

「最初は地味な女の子に見えた。しかし歌い始めると、ヒデ子には何かが宿る。音楽の神が乗り移ったようになって、突然、輝き始める。星ケンもおれも、ヒミコに魅せられた。デビュー後は、ヒミコをめぐって、星ケンとおれの対立が続いた。その緊張感が、青い風の独特のサウンドを作っていたといっていい。星ケンの歌にも、おれの演奏にも、不思議な力がこもっていた。その同じ緊張感が、きみの参加で、再び生まれようとしている。今度のミニライブは観客との距離が近く、ごまかしがきかない。ヒミコの愛を、受け止めてやってほしい」

二人の男と一人の女。その愛憎がもたらすエネルギーを、音楽に変換する。

築地は、その愛憎劇を、無理に演出しようとしているのか。

ぼくはグラスの酒を口に運んだ。どろどろとした深みに引きずりこまれそうな恐怖を覚えた。

ぼくは築地の表情をうかがった。

「あなたはいまも、ヒミコさんを愛しているのですか」

築地はすぐには答えなかった。無言でボトルに手を伸ばした。奥のキッチンから、事務員のミナちゃんが、新たな料理を運んできた。築地はちらっと、ミナちゃんの方に目を向けた。

ミナちゃんは、整った顔立ちの女の子だ。事務員としていつも控えめにふるまっていた。でも今日は、いつもよりもきれいに化粧をしている気がした。

「ミナちゃんも、ここに座って、おれの話を聞いてくれ」

築地がささやきかけた。

ミナちゃんが座ると、築地は言葉を続けた。

「ヒミコの病は重い。外出する時は、車椅子を押す奴隷のような姿を見せているが、ここに戻ると、ふっと気が変わって、自分の部屋に閉じこもってしまう。おれの世話はミナちゃんに任せきりだ。彼女がいなければ、いまのおれはない」

ミナちゃんの目に、涙が浮かんでいた。彼女はひそかに、築地に恋をしていたのだ。

そのことを、築地も知っているのだろう。

「おれが作曲を続けることができたのも、ミナちゃんがいたからだ。ミナちゃんが音楽出版社に企画を出して、ドラマの主題歌の注文をとってくれたり、おれの曲を歌ってくれるミュージシャンを見つけてくれたりした。彼女はおれの才能と、おれの曲を評価してくれた。それが心の支えになった。しかし、それだけでは、おれは生きていけないんだ」

築地も涙ぐんでいた。声がふるえている。

「おれの胸の奥には、大きな傷がある。歌っている時の女神のようなヒミコの姿への、あこがれと、自分の曲をヒミコに歌わせたいという、芸術的な欲望から、おれはヒミコを独占したいと思った。最初は星ケンのファンだったヒデ子も、いつしか音楽家としてのおれの才能を評価してくれるようになった。おれの曲を、ヒミコが歌う。おれたちはかけがえのないカップルだ。音楽活動が進むにつれて、星ケンとおれの力関係が変わっていった。初めはヒミコと星ケンが愛し合っていて、おれは作曲家という裏方にすぎなかったが、やがて星ケンの方が、おれとヒミコの芸術をからめた信頼関係からはみだして、のけものになってしまった。そのことが、星ケンにとってはショックだったのだろう……」

消え入りそうになっていた築地の声が、にわかに高まった。

「星ケンの自動車事故は、自殺だった。そのことは、おれとヒミコだけが知っている。あいつはわざと酒を飲んで車に乗った。おれは止めようとしたが、どうしようもなかった。そこまであいつを追い込んでいたとは、実際に星ケンが死ぬまで、気づかなかった。そのことが、おれの胸の奥に、深い傷を残している。おれは親友を裏切った。自分の欲望のために、ヒミコを独占し、親友を死に追いやった……」

自殺、という言葉を築地が口にした時、目の前に、杉田の顔が浮かんだ気がした。胸の奥に、鈍い痛みが走った。

築地は酒を満たしたグラスを口に運ぼうとして、手を止めた。急に酒を飲むのがいやになったように、グラスをテーブルの上に叩きつけた。

激しい音がして、中の酒が周囲に飛び散った。

「星ケンが死んだ直後のおれは、頭がおかしくなっていた。自分を責め、浴びるほどに酒を飲んだ。そのあげく、そのころ住んでいたマンションのベランダから飛び降りた。だが、死ねなかった。神経を損傷して、車椅子の生活になった。ギターも弾けない。死んだ方が楽だったが、これもおれの運命なのだろう。演奏活動はできなくなったが、作曲家として、いくつかヒットが出た。なぜかべつのレコード会社のプロデューサーで、とくに親しくもなかった綿貫さんが、おれを助けてくれた。たぶん、綿貫さんも昔、トリオで活動していたことがあるので、おれの悩みをわかってくれたのだろう。柳原社長や、ミナちゃんを紹介してくれたのも、綿貫さんだ。綿貫さんがCDを出してくれたので、おれは作曲家として生活できるようになり、このビルも建てることができた。そして、ヒミコの病気の治療にも、できる限りのことができた」

築地は声を詰まらせた。

「ヒミコはもっと傷ついていた。ヒミコはおれを愛していたが、同時に、星ケンを愛していた。あいつとおれが、自殺と自殺未遂を起こしたことで、それまで引き裂かれそうになっていた人格が、分裂したのだ。医者はそんなふうに説明した。いまの彼女の内部には、引き裂かれた二つの人格がある。亡くなった星ケンへの思いを断ち切れない彼女と、障害を負ったおれに生涯尽くそうとする彼女がいて、急に泣き出したり、自分を責めたり、感情が高ぶることがあるかと思うと、感情を押し殺して、おれを介護するヘルパーに徹していることもある。そんなヒミコの姿を見ていると、おれは心が引き裂かれる。おれがもっとしっかりしていれば、星ケンを追い詰めることもなく、ヒミコが病むこともなかったのではないか……」

築地は話し疲れたようすで、息をつきながら、ソファーの背にもたれかかった。その築地の姿を、かたわらのミナちゃんが、心配そうに見守っていた。その彼女の視線に励まされるように、築地は体を傾けたまま、顔だけをこちらに向けて言った。

「笹森くんとデュエットで歌うようになって、明らかにヒミコは回復しつつある。歌うことの喜びが、ヒミコの内部に、引き裂かれた二つの人格とは別の、新しい人格を生み出しつつある気がする。ひたすら音楽に身を捧《ささ》げようとするプロの歌い手としての自覚が、新しい人格の支えとなっている。それが本物のヒミコだ。ヒミコはヒミコ自身を取り戻そうとしている……。ヒミコが病んだのは、おれの責任だ。だからこそ、おれは今度のミニライブに命をかけている。今度のライブはヒミコが主役だ。これで成功すれば、ヒミコは不死鳥のようによみがえる。それがおれの最後の夢だ」

最後の夢。どことなく不吉な言い方だ。

以前、口にしたように、築地は引退を考えているのだろうか。

その時、築地のかたわらにいるミナちゃんが、はっとしたように部屋の出入口の方に目を向けた。ぼくも反射的に目を転じた。

ミナちゃんの視線の先に、ヒミコの姿があった。

いつの間にか、上の階から降りてきて、話を聞いていたのだ。

「達也さん。ライブのあとで、また自殺するつもりじゃないでしょうね。あたしを笹森くんに押しつけて、自分は楽になりたいと思っているんでしょ」

静かな口調で、ヒミコは語りかけた。

「それとも、ミナちゃんと結婚するの？」

そう言うと、ヒミコは、かんだかい笑い声をあげた。

　ヒミコは静かな高揚に包まれていた。明らかに病的な感じの笑い方ではあったが、歌っている時の度を越した危うい感じの興奮ではなく、適度の高ぶりをたたえたまま、落ち着いて築地を見すえている。

「達也さんも、ミナちゃんも、あたしの精神が不安定だと、危ぶんでいるのでしょう。心配ないわ。音楽が鳴り響いている限り、あたしは本能的に演奏し、歌を歌う。興奮しすぎて歌えなくなることもないし、ステージでウツ状態になることもない。立派にステージをつとめてみせるわ」

　ヒミコはぼくの方に目を向けた。

「あなたはあたしを恐れているのね」

　鋭い目つきで見つめられて、ぼくは身動きができなかった。

　ヒミコは再び、笑い声を立てた。

「歌というのは、架空の物語なのよ。だから恐れることはないわ。ステージに立っている時だけ、お芝居をすればいいのよ。あたしたちは愛し合っているふりをして歌を歌う。素晴らしい演奏ができれば、それでいいの」

　ヒミコはゆっくりと、ぼくの近くに歩み寄った。

　すぐ隣のソファーに座り、ぼくの手を強い力でつかんだ。

「あなた、音楽が好き？」

ヒミコがささやきかけた。

「好きです」

ぼくは答えた。

ヒミコの声のトーンは異様なほどに高かった。ヒミコの精神状態がふつうではないことは明らかだったが、だからこそ、ヒミコの歌には、不思議な魅力が宿る。その不思議な歌の世界に、自分も参加したいと思った。

「あたしのことが、好き？」

ヒミコの問いに、ぼくは何も考えずに答えた。

「好きです」

ヒミコは立ち上がった。勝ち誇ったような表情を浮かべている。

「達也さん。ライブの最後に歌う新曲はできていると言ったわね。いまなら歌えるわ。そう思わない？」

築地は低い声で答えた。

「そうかもしれないな」

「見せてほしいわ。地下に降りて歌ってみたい」

「楽譜は事務所にある。ミナちゃん、コピーをとって地下に来てくれ」

そう言ってから、築地は微笑を浮かべた。

「ヒデ子、車椅子を押してくれないか」

「いいわ」

ヒミコが車椅子に歩み寄った。築地がソファーから移動し、初めて彼らの姿を見た時と同じように、ヒミコが車椅子を押す。二人がエレベーターに乗り込んだのを見届けてから、ぼくとミナちゃんは階下の事務所に向かった。

楽譜を探したミナちゃんが、コピー機にセットしようとした時、玄関のチャイムが鳴った。

「社長かしら」

ミナちゃんがつぶやいた。

ぼくたちは夕方から練習を始めていた。ずいぶん時間がたったようにも思ったが、まだ夜ふけというわけではない。柳原や綿貫さんが、練習の進み具合を確認するために、仕事の帰りにふらりと寄るというのは、よくあることだった。

ミナちゃんがコピー機を操作しているので、ぼくが玄関に向かった。

ドアを開けると、柳原社長と綿貫さんの顔が見えた。隣にも誰かいるようなので、さらにドアを大きく開けた。

中島紗英がそこにいた。

ぼくは驚いて、紗英の顔を見つめた。

第五章　なぜ彼女がそこにいるのかわからなかった

なぜ彼女がそこにいるのかわからなかった。

柳原社長と綿貫さんが訪ねてくるのは、当然のことだ。でもその二人と、紗英とは、まったく違う世界の人間だ。どうして紗英が綿貫さんの隣にいるのか、わけがわからなかった。

「練習の成果を見せてもらおうと思ってね」

柳原が言った。

「差し入れをもってきたよ」

綿貫さんがワインかシャンパンらしい細長い包みを差し出した。

「ごめんなさい。こんなところまで押しかけちゃって」

紗英が言った。

「どうしても笹森くんの顔を見たくて、綿貫さんに電話したの」

そういえば、復活ライブの楽屋で、綿貫さんは紗英に名刺を渡していた。

綿貫さんは、とりなすように言った。

「彼女もきみのことを心配しているんだ。電話があったので、差し入れをもっていくからいっしょに行こうと誘った。中学校の同級生ってのは、いいものだな」

綿貫さんはぼくの父親代わりだ。ぼくの気持ちを察して、紗英を連れてきてくれたのだろう。そう思うと、綿貫さんの配慮に感謝しなければならないのだが、正直なところ、困ったことになったと思った。

「それで、練習は進んでいるのか」

柳原が問いかけた。

ぼくの後ろから、楽譜のコピーを終えたミナちゃんが答えた。

「いまからスタジオで、新曲の練習をします」

「ぜひ聴かせてもらいたいね」

そう言うと柳原は、先に立って地下に向かった。

玄関先にいた全員が、狭い階段を下って、地下のスタジオに降りた。

エレベーターで先に地下に降りていた築地も、玄関でのやりとりが聞こえたようで、スタジオで一同を待ち受けていた。

「今度のミニライブの目玉となるフィナーレの曲をやる。これは最後に練習したかったので、いままで手をつけなかった。ヒミコも笹森くんも初見で演奏する。聴いてくれ」

訪問客を先に行かせたので、ぼくは一同の最後尾にいた。

ヒミコの反応が気にかかった。

狭いスタジオが人でいっぱいになった。録音機などの機材があるので、二階のリビングに比べれば、人の入れるスペースがかなり狭い。訪問客は手前の機材が並んだ部分に残り、ぼくだけが奥の演奏スペースに進んだ。

そこで初めて、ヒミコの顔を見た。

ヒミコは落ち着いていた。二階のリビングにいた時の、勝ち誇ったような自信にみなぎった雰囲気が、そのまま残っていた。不意に訪ねてきた紗英に対しては、冷ややかな視線を送っていたが、敵意を見せるほどではない。

いまから歌が始まる。すでにヒミコは、歌っている時の、歌姫のようなあでやかな雰囲気に包まれていた。

ミナちゃんから楽譜のコピーを受け取り、ピアノの前の譜面台にセットすると、ヒミコは築地の方に目を向けた。

築地がベースのリズムを刻み始めた。

ヒミコが和音を押さえるのと同時に、ぼくはイントロのメロディーをスタートさせる。

タイトルは「再会」。離れていた男女が再会し、愛の歓《よろこ》びに包まれる。明るい曲だ。以前に練習した「スティル・アローン」というタイトルの曲は、抑制された思いがこりかたまったようになる暗い曲だ。その曲の直後に、この曲を演奏して、たまっていたものを一挙に発散させる。

これは架空の物語だ。

愛し合っている男と女が、秘めていた思いをぶつけて、歓喜し、躍動し、愛の尊さを賛美する。

物語の中で、ヒミコとぼくは、愛し合っている。

ピアノがコードを刻む。リズムに乗せて、ヒミコが明るい声で、愛を語る。ギターが副旋律を奏でる。初見の楽譜だが、最初に見た時、この部分のギターのメロディーが目に留まった。言葉はない。だがメロディーが何よりも雄弁に、ヒミコの言葉に応えて、愛を語っている。築地の思いが、このギターの旋律にこめられている。本当は、自分でこの旋律を演奏したい。満たされない築地の思いが、この鋭い旋律にこめられている。

ヒミコの声が、ギターの旋律に絡み合う。ぼくの声が加わる。歌詞に深い意味はない。シンプルに、ひたすら愛を讃《たた》える。

ぼくはヒミコを愛している。

それは築地が作った曲が設定した虚構だ。歌いながら、ぼくは演技しているはずだ。けれども、胸の奥底から声を発し、思いを乗せて歌っている時、声も、旋律も、歌詞の内容も、すべてが真実となる。ぼくはヒミコを愛している。

曲が終わった。拍手が起こった。柳原社長、綿貫さん、紗英、ミナちゃん、観客はそれだけだが、狭いスタジオ内なので、万雷の拍手のように感じられた。

ぼくは紗英の顔を見た。

笑顔で拍手をしていた。表情が少しこわばっているようにも見えた。

「いい曲だ。これでライブは盛り上がる。青い風の新曲がテレビで初公開ということになれば、話題になるぞ」

柳原が興奮した口調で言った。

「新曲のＣＤはもちろん、ミニライブのＤＶＤも売れるぞ」

綿貫さんの声もトーンが高くなっている。

二人の盛り上がりに水を差すように、ヒミコが冷ややかに言った。

「テレビのライブのあとで、達也さんは引退するそうよ」

柳原と綿貫さんは、驚いて、一瞬、互いの顔を見合わせていた。わずかな間のあとで、綿貫さんが言った。

「まあ、車椅子の旅はつらいから、ツアーは難しいかもしれないが、新曲ＣＤのプロモーション活動には協力してくれよ。引退のことを考えるのはそのあとだ」

「ヒデちゃんはどうするんだ」

柳原の問いに、ヒミコが答えた。

「あたしは笹森くんとデュオで歌うわ」

ヒミコはあでやかな微笑を浮かべていた。まだ歌の世界が続いているかのように、情熱が全身にみなぎっている。

「それはいい。デュオならツアーに出られるぞ」

柳原が言った。目が輝いている。

綿貫さんは反対に、表情をくもらせた。

「先のことはいまは保留だ。とにかくテレビのライブを成功させて、ＣＤとＤＶＤを売る。それだけを考えていればいいんだ」

綿貫さんは紗英の気持ちを思いやって、ヒミコとぼくのデュオといったイメージをぬぐおうとしたのかもしれなかった。

けれどもこの日のヒミコは、何かが乗り移ったままになったみたいに、強気だった。

「いまの青い風も、実質的にはデュオよね。歌っているのはあたしと笹森くんで、達也はリズムをとっているだけ」

　そう言ってヒミコは、挑発するように築地の顔を見つめた。

　築地は冷静に、穏やかな声で応えた。

「今日の練習は終わりだ。せっかく差し入れが届いたんだから、上で飲み直そう」

　ヒミコが築地の車椅子を押して、エレベーターに乗り込んだ。

　他の一同は階段で二階に向かった。

　ミナちゃんがキッチンに入って、差し入れの包みを開ける。紗英が手伝った。

　柳原社長や綿貫さんが訪ねてくると、よくこんなふうに、飲み会をした。ヒミコは先に三階の寝室にこもってしまうことが多かった。だがこの日は違っていた。

「ミナちゃん、あたしにもグラスをちょうだい」

　ヒミコは女王のように命令した。腰の軽い柳原が立ち上がって、グラスを用意した。

　綿貫さんがシャンパンの栓を抜いた。

「きみたちもこっちへ来て、まずは乾杯だ」

　綿貫さんがキッチンに声をかけた。

　青い風に加わって練習するようになってから、この部屋では、何度も乾杯をした。

　柳原社長はシャンパンで乾杯するのが好きで、とくに祝い事がなくても、とりあえず乾杯をする。柳原が練習を見に来ると、必ずといっていいほど、練習のあとは乾杯になった。

でも、今日みたいに、緊張感をもって乾杯することはなかった。いままで事務員だと思っていたミナちゃんが、急に存在感をもつようになった。それだけでも緊張するところに、突然、紗英が現れた。

全員のグラスにシャンパンが注《つ》がれ、綿貫さんの音頭で、乾杯した。

「これって、何を祝う乾杯なの？」

乾杯のあとの和《なご》やかな雰囲気を打ち破ったのはヒミコだった。

「とりあえずミニライブの成功を祈ってということだが、今日、新曲を聴かせてもらって安心したよ。成功は間違いないという手応えを得たので、まあ、前祝いだ」

綿貫さんが説明した。

「もっと祝ってほしいことがあるわ」

ヒミコの目が妖しく輝いている。二杯目のシャンパンを一気に飲み干してから、ヒミコは皮肉っぽいまなざしを築地の方に向けた。

「達也さんは引退して、ミナちゃんと結婚するそうよ。ねえ、そうなんでしょ？」

築地は表情を変えずに、低い声で答えた。

「そんなことは言っていない。ただこれまでおれを支えてきてくれたミナちゃんに、感謝したいと思う」

「もうあたしが車椅子を押す必要はないのね」

ヒミコは柳原と綿貫さんの方に向き直った。

「それであたしは笹森くんとデュオを結成するの。あなたたちも、歌を聴いてわかったでしょ。あたしたちは、愛し合っているのよ」

柳原と綿貫さんは、困惑した表情でヒミコを見守っている。

ヒミコのようすがいつもと違うことは、二人にもわかっているはずだ。歌っている時は何かが乗り移ったように元気になり、ふだんはスイッチが切れたように感情を押し殺しているという、これまでのヒミコと違って、今夜のヒミコは、歌が終わってもスイッチが切れない。高揚が長く続くだけでなく、どことなく危険な感じがするほどに、異様な興奮に包まれている。

とはいえその興奮を無理に鎮めようとすると、何が起こるかわからない。柳原も綿貫さんも、ミニライブの成功を何よりも願っている。ヒミコの気分を害さないように、ただ見守っているしかない。

ヒミコは君臨する女王のように、部屋の中を見回し、紗英に目を留めた。

「笹森くんのお友だちね」

紗英は無言で、ヒミコの顔を見つめている。

「あなたは、笹森くんのことが好きなの？」

唐突な問いだった。

紗英は戸惑ったように、わずかな間、黙っていた。

それから、決意したように、しっかりとした口調で答えた。

「好きです」

ぼくは息を詰めて、紗英を見つめていた。

紗英の言葉が、声が、胸の奥にしみこんだ。同時に、杉田のことが、頭の中をよぎった。

ヒミコがぼくに向かって、ささやきかけた。

「あなたはどうなの。彼女のことが、好き？」

ぼくは、答えられなかった。杉田のことや、ヒミコの精神の状態や、歌が演出した虚構の中の思いが、からみあっていた。

ぼくは紗英が好きだ。

初めて会った時から、好きだった。

心の中で何度もくりかえしてきたその思いを、言葉にすることができなかった。

ヒミコが、勝ち誇ったような笑みを浮かべた。

ほとんど同時に、綿貫さんが言った。

「そういう思いは、二人きりになった時に伝えればいい」

綿貫さんの言葉で、救われた思いがした。

それでも、ぼくの気持ちは沈み込んでいた。こんなことで、明日、明後日と、練習を続けることができるのかと思った。気持ちをこめて歌を歌うというのは、大変な仕事だ。ぼくはプロになりきれていない。たとえミニライブが成功しても、その後もプロとして仕事を続けていく自信はもてなかった。

タクシーで帰るという柳原と別れ、綿貫さんとぼくと紗英の三人で、夜の街を歩いて帰ることになった。

夜の寒気に包まれる。頭上を見ると、ビルの間に、冬の星座が浮かび上がっていた。

かなりの道のりだが、初めのうちは会話が途絶えがちだった。何を話せばいいかわからなかった。紗英とぼくとの間には、冷たい風が吹き抜けている。綿貫さんが機転をきかせて、ミュージシャンに関する秘蔵のエピソードなどを話して、間をもたせてくれた。

ぼくもつられて、留学生のパーティーで歌った時のことを話した。留学生とカタコトの英語で話せたことは、ぼくにとっては貴重な体験になっていた。アジアからの留学生には、国を代表して勉強しているという使命感があった。卒業して帰国したら国のために尽くすという意欲をもっていた。彼らに比べれば、自分には何もない。音楽が好きだという個人的な願望はあるが、社会に貢献しようという目標はない。

話しているうちに、また気分が沈んできた。そんなぼくを励ますように、紗英が口を開いた。

「笹森くんが有名なミュージシャンになったら、チャリティーコンサートをやってほしいわ。それだって立派な社会貢献よ」

すると綿貫さんが、自分の会社と契約しているミュージシャンを派遣してもいいと言ってくれた。急に話が具体的になった。そのチャリティーコンサートの模様をCDやDVDにして発売するのもいいな、といったふうに、綿貫さんの話はすぐに商売に結びつく。

長い道のりを歩くうちに、話が弾みだした。

「きみたち、うちに寄っていかないか」

分かれ道のところで、綿貫さんが提案した。

話が弾んでいた時だったので、紗英も賛成した。このまま別れてしまうのは、残念な気がした。ぼくももちろん同意した。マンションのアプローチが見えた時、ここに入るのは初めてだと思った。

綿貫さんとは長いつきあいになるけれども、母が自宅に招くか、外で食事をするかのどちらかだった。母が綿貫さんのところに引っ越してからは、外食することはあったが、綿貫さんの自宅に招かれることはなかった。母がどんなところに住んでいるのか、ぼくは知らない。母の生活など知りたくもなかったし、母の方も、ぼくに見せたくないという気持ちがあったのだろうと思う。

母とは距離がある。ぼくの方で距離を保とうとしていた面もある。その距離が、いま取り払われようとしていた。

近所だから、マンションの前は通ったことがある。豪華なエントランスがあるわけでもない、どちらかというと地味なマンションだった。古びたエレベーターに乗り込むと、壊れそうな音がした。

よどんだ都会の風が吹き込む外廊下を通って奥に進む。ドアの前に立ち止まって、綿貫さんがチャイムのボタンを押した。

歩きながら綿貫さんが携帯電話で連絡したので、ぼくたちが来ることは伝わっていた。ドアを開けた母は、少しあわてていたけれども、ぼくと紗英が訪ねたことを、驚きながら喜んでいた。

母はいつも、ぼくに対して、どことなく身構えているようなところがあった。仕事をする女性としてのスタンスを保つために、子育てにおぼれないように、気持ちをひきしめている。そのぶんだけ、わざと冷ややかにふるまうことがあった。

今日は突然だったので、身構えているひまがなかったようだ。驚きと同時に、喜びをむきだしにして、ぼくたちを歓待してくれた。

そのことが、ぼくにとっては驚きだった。

綿貫さんが携帯電話で連絡してから、部屋に着くまで、わずかな時間しかなかったはずだが、オードブルとグラスが用意してあった。

「築地のところで飲んできたから、もう酒はいいよ」

そう言いながら、綿貫さんは自分のグラスにウイスキーを注いだ。

ぼくと紗英はそれほど飲んでいなかったので、母といっしょにワインを飲んだ。

綿貫さんは上機嫌で、業界のことを語ったり、紗英にボランティア活動のことを語らせたりした。ぼくは紗英から毎日メールをもらっていたから、紗英のやっていることについては知っているつもりだったが、改めて紗英の口から聞くと、充実した学生生活を送っていることがわかった。綿貫さんも感動したようすで、次々と質問を発する。時にはまた、綿貫さんが業界の面白いエピソードを話して、何度も紗英を笑わせた。

綿貫さんと紗英が話している間に、ぼくは部屋の中を見回した。

初めて入った、綿貫さんと母の住居だ。

二人がどんな暮らしをしているのか、想像がつかなかった。

綿貫さんは酒も飲むし、料理も食べる。母は仕事が忙しいし、料理が得意というわけでもない。それでも夫のために、料理を作ったりしているのだろうか。

このマンションは、綿貫さんが独身だったころから使っているものだと聞いていた。それほど広くはない。サイドボードやテーブルは新しい感じなので、最近買ったものだろう。多忙な夫婦だから、夜、二人で食事することは少ないのかもしれないが、たまには母が手料理を作ったりもしているのだろう。

サイドボードに並んだグラスや食器類を見ていると、綿貫さんと母の、仲のよい微《ほほ》笑《え》ましい生活が目に浮かぶ気がした。

心が温められる気がした。この部屋に来てよかったと思った。

「ライブの練習はどうなの？」

母がぼくに尋ねた。

「さあ、どうかな」

とぼくは答えた。そうとしか言いようがなかった。

綿貫さんがフォローしてくれた。

「築地がいい曲を作った。ヒカルくんもいい感じだ。ただヒミコの方は、少し心配だ。興奮しすぎないように、築地がうまくコントロールしてくれればいいんだが」

ぼくにも心配なことがあった。思いを抑制して歌う「スティル・アローン」と、たまっていた思いを一気に発散する「再会」。この二曲は、本番では連続して歌うことになっているのだが、築地は練習では、必ず間を置いて、別々に歌うようにしていた。抑制の直後に一気に発散するという、あまりにも激しい感情の落差に、ヒミコの精神が耐えられないのではないかと、築地は恐れているようだった。

練習でも体験したことのないその極端な落差にさらされて、ヒミコはフィナーレの曲を最後まで歌いきることができるだろうか。

そんな不安を抱いているのは、築地とぼくだけで、綿貫さんも母も楽観している。

「まあ、いったん歌い始めたら、ヒミコには歌の神さまが宿るみたいだから、最後まで歌いきるだろう」

綿貫さんがそう言うと、母が少し語調を落として言った。

「ライブが成功したら、またCDやDVDが出るんでしょ。でもヒカルは学生だから、大学だけは卒業してほしいわ」

ぼくたちの話を黙って聞いていた紗英が、口をはさんだ。

「築地さんが引退して、デュオになるっていうのは、本当なの？」

ぼくが答えるより先に、綿貫さんが言った。

「青い風はトリオのグループだ。築地が引退したら、解散だな。音楽を続ける気があるなら、ヒカルくんはソロで活動した方がいい」

「ぼくは……」

言いかけて、ぼくは綿貫さんと母の顔を見た。

ソロで活動を続けていく自信は、ぼくにはなかった。父の挫折《ざせつ》と同じように、ぼくもやがて、行き詰まることになるのではないか。青い風で歌っているのは、築地の作った曲だ。自分のオリジナル曲でプロになったわけではない。

ぼくは綿貫さんに向かって言った。

「ぼくは音楽が好きです。できれば音楽関係の仕事を続けたいと思いますが、ステージで演奏するよりも、裏方の仕事の方が、長く続けていける気がします」

綿貫さんからアルバイトを紹介してもらったので、ツアーの裏方の仕事は知っていた。

「そうね。あなたにはわたしの血も半分入っているから、マネージャーの仕事だってできるかもしれないわね」

母が笑いながら言った。

綿貫さんが真剣な顔つきで反論した。

「ヒカルくんは才能がある。自分のペースを崩さずにゆとりのある活動ができれば、ソロでもやっていける。おれたちが守ってやればいい」

綿貫さんは父の挫折を間近に見ている。それだけに、この人に任せておけば安心だという気がした。

深夜になったので、部屋を辞した。無駄話しかしなかったようにも思ったが、ぼくも、紗英も、気持ちが和んでいた。

「お母さんって、すてきな人ね」

紗英が言った。すでに真夜中を過ぎていた。新宿などの繁華街と違って、このあたりは静かな住宅地だ。ところどころに明け方まで開いている店があるのだが、街全体は静まり返っている。

今日の母は、いい感じだった。ぼくの気持ちが変わったのだろうか。

「急に訪ねたのに、オードブルとか、もう用意してあった。綿貫さんと暮らすようになって、少し家庭的になったかもしれない」

「綿貫さんもすてきな人だと思うわ。あたし、時々、綿貫さんに電話するのよ」

「綿貫さんと、どんな話をするんだ」

「身の上相談」

そう言って、紗英は笑い声を立てた。

「この前のライブの時から感じていたんだけど……」

そう言いかけてから、紗英は少しだけ、言いよどんでいた。並んで歩いているので、紗英の表情は見えないが、戸惑っている気配が感じられた。

やがて、紗英は言葉を続けた。

「ステージの上の笹森くんを見て、嬉しかったけれども、本当を言うと、少し悲しかった。笹森くんが、あたしからどんどん遠ざかっていくという気がしたの。今日の演奏を聴いて、もう手が届かないほど遠くに行ってしまったと感じた。でも、綿貫さんのおかげで、また少し、笹森くんが戻ってきてくれた気がする」

話しているうちに、紗英の声がふるえ始め、最後は声にならなくなった。

紗英が泣いている。

ぼくは遠くへなど行っていない。紗英が好きだ。そのことを告げて、紗英を強く抱きしめたい気がした。だがそれでは、親友を裏切ることになる。

ぼくは手を差し出した。

紗英と握手をした。

「ぼくは遠くへなんか行かない。いつまでも、中学生のころと同じだ」

紗英の家の前まで来ていた。

ぼくが紗英に伝えることができるのは、そこまでだった。

紗英とぼくとの間には、越えることのできない距離があった。その距離は、少しは縮まったのだろうか。もしかしたら、手を伸ばせば届くような距離なのかもしれない。

いまぼくにできるのは、ただ握手をすることだけだ。

紗英の手のひらの温もりが伝わってきた。

「おやすみ」

そう言って、紗英と別れた。

自分の部屋に入ってから、紗英の涙のことを考えた。

ワインの酔いが、急に全身に回っていく。視界がぼやけて、何も見えなくなった。

ぼくはギターを手にとった。もう使わなくなった古いギターだ。転校して初めて登校した日、学級委員の紗英が、ぼくのことを心配して、このマンションまで来てくれた。その時、紗英の前で弾いたギターだ。

同じ曲を、留学生のパーティーでも演奏した。

ビー・ジーズの「若葉のころ」。

幼いころ、クリスマスツリーは大きく感じられた……。

紗英の歌声が、つい昨日のことのように、耳もとによみがえった。

すると次から次に、紗英が得意だった曲が、頭の中に浮かんできた。

カーペンターズの「イエスタデイ・ワンス・モア」。

ピーター・ポール＆マリーの「ゴーン・ザ・レインボウ」。

アバの「イーグル」。

ぼくはアバを弾き始めた。英語の歌詞を、いまでも憶えている。

わたしは鳥になりたい。大空に翼をひろげ、高く高く舞い上がる……。

杉田とぼくは、さまざまなことを語り合った。社会について、文学について、人生について。杉田は夢を語った。ぼくには、語るべき夢などなかったが、好きな音楽については語ることができた。

ぼくたちは、紗英を先に帰して、二人だけで、友情を確かめ合った気がする。そのことで、紗英は傷ついていたのかもしれない。その当時は気づかなかったが、紗英にも、語りたい夢があったはずだ。

わたしは鳥になりたい……。

あのころ、紗英は、どんな夢をもっていたのか。そしていまの彼女は、何を求めているのだろう。

ぼくは紗英について、何も知らない。いま初めて、そのことに気づいたように思った。

ぼくはギターを置いて、リビングルームのパソコンを起動させた。メールソフトを開く。そこには、紗英からのメールを入れるフォルダがある。

大学に入ったばかりのころのメールを開けてみた。紗英はいきいきと自分の生活を語っている。しかしよく見ると、起こった出来事が書かれているだけで、紗英自身の気持ちについては、何も書かれていない。

まるでわざと自分の心の内を隠しているみたいだ。

このメールで、紗英は何かを伝えようとしている。ほとんど毎日、紗英はメールを送ってきた。ぼくはただの日記みたいなものだと思って、紗英が打ち込んだ言葉の奥を探ろうとしなかった。

膨大な量の過去のメールを読み返しながら、ぼくは自分が紗英の気持ちをまったくわかっていなかったことを知って、胸を貫かれるような思いになっていた。


ミニライブの日が近づいてきた。

テレビ局のスタジオに特設の客席を設置した、仮設のステージだった。中央に円形のステージがあり、客席は周囲を取り囲むような配置になっている。さまざまな角度から視線を浴びることになり、逃げ場がない。カメラがどの角度から出演者をとらえても、背後には必ず観客が映る。それだけに臨場感にあふれる映像になるはずだが、出演者にとってはつらい条件だった。

応募して抽選に当たった観客だけにチケットが割り当てられるのだが、ぼくは柳原社長に頼んで、チケットを二枚確保してもらっていた。

紗英と杉田を招待するつもりで、そのことはメールで紗英に伝えてあった。

杉田から電話がかかってきた。

いつもと同じ調子で、杉田は言った。

「テレビ番組でライブをやるそうだな。悪いがおれは行けない。旅に出るんだ」

「どこへ行く」

「アフリカだ。井戸掘り名人の手伝いをする。半年くらいかけて、何カ所も掘る。それだけ手伝えば、名人の技術が習得できると思う。そうしたら、おれが井戸掘り名人になって、もっとたくさん井戸を掘る」

「大学はどうする」

「休学の手続きをするつもりだ。卒業だけして、医学部に入り直すことも考えている。ある程度、井戸を掘ったら、帰国して医学部を受験する。旅行には受験参考書をもっていく。そういう計画をおやじに話したら、それでいいと言ってくれた」

杉田らしい屈託のない言い方だった。本当は悩みをかかえたまま、口先だけ明るくふるまっているのかもしれないが、話しぶりに元気が戻っている。

「出発はまだ先だが、井戸掘りの講習を受けるので、ライブは聴けない。テレビは必ず見るよ」

井戸掘りの講習や、アフリカについて、少し話を聞いた。杉田は意欲的で、先に希望をもっているように感じられた。

最後に杉田は、力強い口調で言った。

「出発前には必ず声をかけるから、いっしょに飲もう」

それで電話を切るのかと思ったのだが、わずかな沈黙のあとで、杉田は低い声で付け加えた。

「ずっと前から、おまえに言っておきたいことがあった」

そこで言葉が途切れた。声が沈み込んでいた。ぼくは息を詰めて、杉田の次の言葉を待ち受けた。

「紗英はおまえのことが好きだ。知っていたか」

声が聞こえた。すぐには意味がわからなかった。ぼくたちは中学のころからの仲間だ。嫌いであるはずがない。だが、杉田が言おうとしているのは、そういうことではないようだ。

電話口の向こうで、杉田は言葉を続けた。

「中学のころから、あいつはおまえのことが好きだったんだ。でも、おまえは何となく冷たかった。紗英が悩んでいることを、おれは知っていたが、放っておいた。おれも紗英が好きだったからだ」

しばらく沈黙が続いた。顔が見えない。杉田は泣いているのではないかと思った。

けれども、やがて杉田は、ことさらに明るくふるまうような声で言った。

「紗英のことは好きだが、おれの場合は、恋愛とか、そういうものではない。紗英とは幼なじみで、おれにとっては空気みたいなものだ。紗英はいつもおれのそばにいた。その紗英がいなくなると、寂しくなる。紗英を失いたくなかった。それで紗英の悩みに気づかないふりをしていた。だが、おまえがプロの世界に出ていったことで、紗英の悩みはますます大きくなった。おまえは紗英の気持ちがわかっていないのだろう。紗英はおまえに毎日メールを送っているはずだ。愛しているとは書いてないかもしれないが、毎日メールを送るというのは、あいつなりの告白なんだ。おれからも頼む。紗英の気持ちを受け止めてやってくれ」

「きみにとって、中島さんは、大切な人なのだろう」

ぼくがそう言うと、杉田は笑い声を立てた。

「おれはアフリカに行く。アフリカにはアフリカの空気があるさ」

その明るさが、ぼくにとっては、負担だった。

杉田はやはり、紗英を愛していたのだろうと思った。

電話を切ってからも、重苦しい気持ちが残った。


ミニライブの当日になった。

前夜からの突貫工事で、テレビ局の広いスタジオの中に、観客席が設置された。木の枠を積み上げただけの簡単な構造で、シートもなく、木材のベンチに、座席番号のシールが貼《は》ってあるだけだった。

午前中にスタジオ入りして、簡単なリハーサルをした。復活ライブの時のようなサポートのミュージシャンはいないから、演奏の練習をする必要はない。マイクのテストと、カメラ割りの段取りだけの打ち合わせだった。

ここ半月ほど、かなり厳しい練習を重ねてきた。

ぼくは築地が創作した曲の世界に没入した。紗英と杉田のいる現実を忘れて、架空の世界にひたっていたかった。その虚構の世界では、ぼくとヒミコは愛し合っていた。秘められた愛に苦しむ男女や、思いを遂げて愛を賛美する男女を、与えられた役柄になりきって、歌い、演奏した。

練習が終わると、ぼくは一人でスタジオの外に出た。建物の中に、築地の住居がある。ぼくが泊まり込めば、朝からでも練習できるのだが、ぼくにはオフの時間が必要だった。

真夜中の街を、一人で歩く。大学のキャンパスで車椅子に乗った築地の姿を初めて見たのは、若葉のころだった。いま、季節は冬に近づいている。クラブの定期演奏会のオーディションを受けてから、半年の時間が経過していた。

思いがけない出来事の連続だったが、何も変わっていないという気もした。

迷路のように細い道が入り組んでいた。通い慣れた場所だから、最短距離を進むこともできるのだが、わざと迷路の中に踏み込んで、ジグザグに角を曲がっていった。思いがけないところに店の灯りがあった。知らない街に迷い込んだ気がした。深夜の冷気が心地よかった。紗英と来たことのあるカフェバーの前を通った。胸が痛んだ。杉田と飲んだ店もあった。もう一度、三人でピーター・ポール＆マリーを演奏したかった。ずいぶん遠くまで歩いてきた気がした。でも気がつくと、杉田医院の看板が見えた。少し先には、紗英の家がある……。

杉田はぼくの親友だ。紗英は友だちの恋人だ。そう思って、息を詰めるようにして耐えていた。たぶんぼくは、そんな自分が好きだったのだ。

それから、ヒミコのことを考えた。

ヒミコの歌声が響き、歌っている時の表情が目の前に浮かび上がる。

虚構の世界の中で、ぼくたちは愛し合っている。

たぶんぼくは、自動車事故で亡くなった星ケンという歌手の代役をつとめているだけだ。ヒミコと、築地と、星ケンの間に、どんな愛憎があったのか、ぼくは知らない。でも、想像できることがある。いまぼくが見ているように、歌っている時のヒミコの神秘的な輝きを、彼らも見ていたのだ。

季節が移り変わっていく。

星ケンは去り、青い風というグループは消滅した。いつまでも、代役をつとめていることはできない。

杉田は旅に出るという。ぼくたちがピーター・ポール＆マリーを歌うことは、もうないだろう。

三人で歌い続けることは難しい。ヒミコと築地を見ていると、そのことを痛感せずにはいられない。

父と、母と、綿貫さんのことを考える。彼らにも悩みがあったのだろう。その悩みの余韻の中で、ぼくが生まれたのだ。海の見える丘の上の家で、祖父とすごした日々のことが、遠い過去と感じられる。

いまは母と和解し、綿貫さんを信頼できる父代わりだと感じている。

午後の休憩になった。軽食が配られたが、ぼくは手をつけなかった。スタジオの隅の椅子に座って、準備をするスタッフのあわただしい動きをぼんやりと眺めていた。

収録は夜だが、夕方には観客を入れて、カメラリハーサルをすることになっていた。あとわずかで、観客が誘導されることになる。

綿貫さんの姿が見えた。スタッフと何か話している。ぼくは立ち上がって、綿貫さんの方に歩み寄った。

ずっと前から、気になっていたことがある。

「復活ライブの時、父にも招待状を送るということでしたよね」

話しかけると、綿貫さんは目を細めるようにして言った。

「招待状は送った。タケシは来てくれたよ」

ぼくは息をのんだ。

「本当ですか」

「おれの隣の席にいた。演奏するきみの姿を、くいいるように見ていたよ。ステージが終わると黙って姿を消してしまったが、たぶん、泣いているところを見られたくなかったのじゃないかな」

可能性はあると思っていたが、実際に父が来てくれたと聞くと、思いがけないことのような気がした。

ぼくは言葉もなく、静かに息をついていた。

綿貫さんが笑いながら言った。

「会場は撮影禁止だと表示を出してあったんだが、タケシは一眼レフでステージの写真を撮りまくっていたよ。よほど嬉しかったんだな」

故郷の海岸で出会った、一眼レフをもったヒゲづらの男のことを想い出した。

「父はいま、何をしているんですか」

思わず声を高めて、綿貫さんに問いかけた。

「十年以上、全国を放浪していたらしい。行く先々でアルバイトをして、気ままに暮らしていたようだな。数年前からは東京に戻って、裏方の仕事をやっているようだ。実は最近わかったんだが、あいつ、別の名前で曲を出している。まだヒット作は出ていないが、新人のデビュー曲などを任されて、少しは稼げるようになっている」

綿貫さんは前から父が東京にいることを知っていたようだ。会って話をしたこともあるのかもしれない。当然、母も、父の消息を知っているのだろう。知らないのはぼくだけだったのだ。

「今日も来ると言っていたよ」

綿貫さんが言った。ぼくは驚いて、綿貫さんの顔を見つめた。

「客席は若者限定だから、スタッフとして、スタジオ内に入れるように手配した。いまもどこかにいるんじゃないか」

ぼくはスタジオの中を見渡した。大勢のスタッフが準備に走り回っていた。

観客が客席に誘導される時間になった。ぼくは自分に割り当てられた控え室に入り、部屋のモニターで、座席に着いた観客の姿を眺めていた。抽選に当たった若者たちだ。無料の招待券だが、わざわざ応募してくれたのは、青い風の熱心なファンだろう。若者といっても、青い風の全盛時代を知っている人たちだから、三十歳くらいの人もいる。どこかに紗英がいるはずだが、小さなモニターでは確認できなかった。

カメラのリハーサルがくりかえされた。ステージを客席が取り囲んでいるので、どのアングルから撮っても観客が映る。

見ているうちに、しだいに気持ちが高まってきた。

緊張感ではない。

どこかで父が見ている。紗英もいる。観客がいる。さらにカメラを通じて、多くの観客がぼくを見つめている。彼らの前で、音楽ができるという喜びが、体がふるえるような充実感となって、胸の奥底から突き上げてきた。

ステージに立てば、虚構の世界がぼくを包む。

築地が作った歌の中で、ヒミコとぼくは愛し合っている。

その愛の世界が、あとわずかな時間で、始まろうとしている。

ぼくは気持ちの高まりを持て余して、控え室を出た。廊下に出て、体を動かそうと思った。

すぐ先のドアが開いた。

ヒミコが姿を見せた。同じように、気持ちの高ぶりを抑えかねたのだろう。

廊下にいるぼくの姿を見ると、ヒミコは微笑を浮かべた。

「今日のあたしは、最高に幸せよ」

ヒミコがささやきかけた。

たぶんぼくも、幸せなのだろう。

廊下に立っているだけなのに、ヒミコの姿からは、輝きが発散していた。もう歌の世界に入っているのだ。

もう一つのドアが開いて、築地が現れた。車椅子を押しているのはミナちゃんだ。車椅子を押す役目から開放されたことで、二つに分裂していたヒミコの人格のうち、明るい方の人格だけが残った。

ヒミコの高揚が長く続いていた。それは危険な兆候ではないだろうか。けれども、あと数時間、ヒミコの神経がもちこたえてくれれば、このライブは成功する。祈るしかない。

築地はヒミコのようすを冷静にうかがっていた。それからぼくの方に目を向けた。築地も祈るような気持ちなのだろう。

ぼくたちは無言で、観客が待ち受けるスタジオに向かった。

廊下を進み、わずかに開いた分厚い防音ドアのすきまから、スタジオに入る。待ちかまえているスタッフの中で、ストロボが光った。ジーンズをはいた男がカメラを構えていた。

カメラを下ろした男と、目が合った。

ヒゲづらの男が、励ますように、笑いかけた。ぼくは小さくうなずいた。

父だと確信した。

ヒミコが真っ先にステージに上った。拍手が沸き起こった。

ぼくが続いた。拍手がさらに高まった。

最後に築地が車椅子で現れた。拍手は最高潮に達した。

築地が車椅子から立ち上がり、楽器の前の椅子に座った。ミナちゃんが車椅子を引いてステージを下りた。

ヒミコが築地を見ていた。築地がぼくを見た。

ぼくはギターを構えた。

人生というものについて、ぼくは何も知らない。どれほど長く続くのか、そこにどんな喜びや苦しみがあるのか。

ぼくは音楽が好きだ。プロとしてのステージは二度しか経験していない。今後のことはわからないが、音楽活動を続けたいという気持ちはある。先のことはわからない。でも、どう考えても、この日のステージは、ぼくの人生の中で、最高のものだと言い切れるだろう。

すべてがパーフェクトだった。

最初はぼくがソロで歌った。充分に練習した曲で、何の不安もなかった。ヒミコがぼくを見つめていた。そのまなざしで、気持ちがかきたてられた。大声で思いを発散させたい気分だったが、ぼくは自分を押しとどめた。感情を抑制して、声の微妙なビブラートを充分にコントロールして歌いきった。

星ケンの代役として、どれだけファンの期待に応えられたかはわからない。しかしスタジオに来てくれた若いファンは、ぼくの歌と演奏を、好意的に評価してくれた。それはぼくの実力ではない。次に続く、ヒミコの歌への期待が、嵐《あらし》の前の静けさのように、スタジオに充満していた。その緊張感の中で、ぼくは静かに歌い続けた。

築地がぼくのために作ってくれた新曲だ。

ぼくには好きな人がいる。でもその思いを告白することができない。胸のうちに秘めた思いが、吐息となり、ささやくような歌になる。静かだが、重みのある歌声が、スタジオ全体に広がっていく。

ヒミコが歌い始める。「スティル・アローン」だ。抑制した声で、秘めた思いを語る。異なる旋律で、ぼくが思いを語る。二人の思いが、交互に語られ、時にはハーモニーを奏でながら重なり合う。

秘めた思い。かなえられない恋。胸のうちにわだかまっていたものが、最後に、発散される。「再会」。計算された築地の物語の展開に沿って、ヒミコとぼくは、力強く愛を讃える。

生ギターと、アコースティックのピアノと、コンパクトなベース。

そして歌声。

それだけで、スタジオ全体が揺らぐような、激しいパッションが表現される。観客が息をのんで見守っている。肩が揺れている。ヒミコの声が絶叫に近くなる。姿全体からオーラのように、不思議な輝きがあふれだす。

声が途絶え、エンディングの和音の余韻が響く。

静寂が訪れる。

次の瞬間、拍手が沸き起こる。

限られた人数の観客だから、大音響というわけではない。けれども、心のこもった拍手が、スタジオの壁や天井に反響し、ステージの床が、波打つように揺れている。

放送時間が限られているので、アンコールの予定はなかった。打ち合わせでは、ミナちゃんが車椅子を押して現れ、そのまま退出という段取りになっていた。

ミナちゃんが来るまでの間、ぼくは周囲の観客に向かって、頭を下げたり、手を振ったりしていた。

ヒミコは頭を下げることもなく、ゆっくりとステージの中央に歩み出た。微笑を浮かべながら周囲を見回し、さらにぼくの方に近づいてきた。

ヒミコがぼくを見ていた。目が異様に輝いている。歌が演出した虚構の世界がまだ続いているようだった。

ヒミコがぼくに向かって、何かささやきかけた。拍手で声は聞こえなかった。

突然、ヒミコは身を投げ出すようにして、ぼくの胸に顔を埋《うず》めた。予定にない演出だった。

反射的にヒミコの体を抱きかかえた。演出だと思った観客の拍手が高まった。演出でないことは、ぼくだけが知っていた。ヒミコは興奮のピークに耐えきれずに、気を失って倒れたのだ。

築地は車椅子に移っていた。ミナちゃんが車椅子を押して退出する。ぼくはヒミコを抱いたまま、ミナちゃんのあとに続いた。

控え室は小さな椅子しかないので、出演者用のロビーにある長椅子に、ヒミコを横たえた。

柳原社長が駆け寄ってきた。

「少し疲れたんだろう」

車椅子に乗った築地が近づいてきた。手を伸ばして、目を閉じているヒミコの頬《ほお》に触れ、ささやきかけた。

「よく最後までがんばってくれたな」

心のこもった言い方だった。築地の声と言葉が、ぼくの胸の奥にしみこんできた。

築地はいまも、ヒミコを愛しているのだ。築地の目から、涙がこぼれ落ちた。

テレビ局のすぐ近くにある診療所の医師が呼ばれた。注射を一本打つと、ヒミコは目を開いた。見守っていた一同の間に、ほっとした雰囲気が広がった。だが、それはほんの一瞬だった。

目を開いたヒミコは、うつろなまなざしで、どこか遠くを見つめていた。

スイッチが切れた。

心配していたことが起こった、とぼくは思った。

築地の車椅子を押すことに徹していた、感情を押し殺した、もう一つの人格に戻ってしまった。

もう一人のヒミコは、今夜のステージで、燃え尽きてしまったのだろう。

すぐそばにかがみ込んでいる築地が声をかけた。悲痛な声だった。

「ヒデ子、大丈夫か」

ヒミコはぼんやりとしたまなざしで、築地を見た。

「あなたは誰……」

「ヒデ子、おれだよ。忘れたのか」

築地は声を高めた。ヒミコは不思議そうに、築地を見つめていた。

柳原社長が、横合いから割って入った。

「おれが誰かわかるか」

ヒミコの視線は宙をさまよっている。柳原の方を見ようともしない。

「笹森くん。顔を見せてくれ」

柳原に促されて、ぼくはヒミコの正面に移動した。ヒミコの視線はぼくをとらえているはずだが、反応はなかった。

かなりの重症だ。ぼくが接するようになってから、これほどの心神喪失状態になったヒミコの姿は見たことがなかった。

柳原は息をついた。

「まあ、ライブのあとでよかったな。ＣＤのプロモーションは笹森くん一人に任せるしかないだろう。ヒデ子はゆっくりと療養すればいい」

その時、ヒミコの顔が、わずかに動いた。何かを求めるように、視線をさまよわせ、ロビーの端の方に、目を据えた。

いままで何も見えていないように感じられたヒミコの目が、確実に、何かをとらえていた。

ヒミコを取り囲んでいた人々の全員が、背後に振り向いた。

綿貫さんの隣に、ヒゲづらの男の姿が見えた。

「笹森……タケシ」

つぶやきが聞こえた。

ヒミコが父を見つめて、その名を口にした。

かたわらで、築地がつぶやいた。

「ヒデ子は高校のころは笹森さんのファンだったんだ」

ヒミコは一時的な記憶喪失に陥っているのかもしれない。最近のことは想い出せなくても、昔のことは憶えているのだろう。

父は持っていたカメラバッグを床に置くと、微笑を浮かべて歩み寄り、ヒミコのそばに屈み込んだ。

ヒミコは少女のようなあどけない表情を浮かべた。

「笹森さん。サインしてください」

そう言ってから、ヒミコは紙もペンもないことに気づいて、あわてて周囲を見回した。柳原がすかさず、手帳とペンを差し出した。

「きみの名前は？」

父が問いかけた。

「ヒデ子です。でも、ヒミコって書いてください」

「ヒミコ……すてきな名前だ」

父はさらさらと宛名を書き、自分の名前をサインした。

「いつか、ヒミコという名前でデビューします。歌手になるのが夢なんです」

ヒミコの顔をじっと見つめて、父がささやきかけた。

しめた。

安らかな寝息が聞こえた。築地がほっとしたように息をついて、ヒミコの手を握り

ヒミコは安心したように、花がほころぶような笑顔を浮かべ、目を閉じた。

父はヒミコの手に手帳を握らせた。

「夢がかなうといいね」

父は立ち上がり、こちらに向き直った。

父が目の前にいた。声をかけたいと思ったが、何を話せばいいかわからなかった。

言いたいことがたくさんあるような気もした。でも、本当は、何もなかった。父がここにいる。それだけで充分だった。

「きみには謝らなければならない。父として、何もできなかった」

父は小さく息をつき、それから、バッグを肩にかけて、ロビーの先の廊下に向かって歩き始めた。ぼくは父と肩を並べて、ロビーを出た。

人のいない廊下に出たところで、父は言った。

「でも、きみのことを忘れたことはない」

父はバッグの中から、古びたノートを出して、ぼくの手に押し込んだ。

「旅をしながら、自分の気持ちを、ノートに書いた。いつか大人になったきみに、メッセージを伝えることができたらと、夢のようなことを考えていた」

もしもそれが父の夢だとしたら、その夢は、いま実現したことになる。

渡されたノートのページを開いてみた。日記みたいなものかと思ったのだが、ページには歌詞と楽譜がぎっしりと書き込んであった。

父は放浪の旅をしながら、曲を書きためていたのだ。たまたま目に飛び込んだ旋律が、ぼくの頭の中に響き渡った。歌詞が伝えるメッセージが、心の奥底にしみこんでくる。

ぼくはあわてて次のページをめくった。そこにも、目をみはるような、繊細で美しい曲が書かれていた。

「おれは父親としては失格だ。でもありがたいことに、綿貫が、おれの代わりをつとめてくれた。あいつは、おれの親友だ」

そう言って、父はロビーの方に振り返った。

綿貫さんが、こちらを見ていた。父と目が合うと、微笑を浮かべた。いつの間にか、その隣に、母の姿があった。母の顔は、いまにも泣きそうなほどにこわばっていた。

父は廊下の先の方に進んでいった。ぼくはノートを手にしてあとを追いかけた。

「このノートは……」

局の玄関ホールに出たところで、ぼくは声をかけた。

父は少し困ったような顔つきになって言った。

「これで許してもらえるとは思っていないが、ノートはきみにあげる。気に入ったら、歌ってみてくれ」

父は照れたように目を伏せた。まるで少年のような羞《はにか》みだった。

「本当に、ぼくが歌っていいんですか」

ぼくの問いに、父は顔を上げて、静かに答えた。

「おれはミュージシャンとしては、挫折した人間だ。もう立ち直れないという気がしていた。でも、きみのステージを見て、励まされる気がした。もう一度、おれも新人として、やり直したいと思う。でも、きみの方が才能があると思うよ」

父は手を差し出した。握手をした。父の温もりを感じた。

足早に去っていく父を見送ってから、ぼくは改めて、ノートのページを開いた。

旋律にコードネームを付けただけの簡単な楽譜だったが、ぼくの胸のうちには、イントロのギターの旋律や、アレンジのストリングスの響きが沸き起こった。

宝石箱のようなノートが、ぼくの手の中にあった。父の筆蹟《ひっせき》の楽譜を見ているうちに、楽譜のオタマジャクシが、にじみ始めた。

さらにページをくろうとした時、人の気配を感じた。振り向くと、すぐそばに、紗英がいた。

紗英は、こわばった表情で、ぼくを見つめていた。

涙が止まらなくなった。この涙を紗英に見られてしまった。でも、紗英の前で泣けてよかったと思った。紗英には、ぼくの悲しみや喜びを、すべて知っていてほしかった。

「今日ぼくは、生まれて初めて父に会った」

かすれた声で、ぼくは言った。

ぼくは自分が通ってきた廊下の方に目を向けた。今日のライブは大成功だった。どこかでスタッフをまじえた打ち上げの宴会が開かれるはずだった。

けれども、ヒミコがあんな状態では、築地も打ち上げには参加できないだろう。柳原社長と綿貫さんが、スタッフを慰労してくれるはずだ。

ぼくは紗英に声をかけた。

「行こう」


夜の街に出た。

夕方からのライブだったから、まだ夜の早い時間だ。少し歩けば、自宅の近くのなじみのゾーンに行ける。雪でも降ってきそうな気温だったが、風はなかった。穏やかな夜だ。レストランに行くにしろ、カフェバーで飲むにしろ、時間はたっぷりある。

当面の目標だったライブが終わった。明日からは練習する必要がない。解放感があった。

けれども、夜の街をさまよう気にはなれなかった。ぼくの手の中には父のノートがあった。一刻も早く、ノートのすべてのページを見たいという思いがあった。

うす暗い通りのいっかくに、明るい照明が浮かび上がっていた。小さなパティスリーがあった。ケーキの店だが、ピザやキッシュ、ミートパイなども売っている。家に帰れば、母が残していったワインのストックがあることを想い出した。

「食べるものを買って、家で飲もうか」

「いいわね。おいしそうなものがいっぱいあるわ」

紗英はその店が気に入ったようだった。

両手に持ちきれないくらいの食べ物を買った。

部屋に入ると、まずお湯を沸かした。紅茶を一杯飲みたかった。ぼくがティーポットを用意している間に、紗英は冷蔵庫を調べて、残っていた野菜でサラダを作った。

冷凍庫の氷を出してシャンパンを冷やした。グラスと、買ってきたものをテーブルに並べた。シャンパンが冷えるまでの間、紅茶を飲む。

温かい飲み物が喉《のど》を通り過ぎる。

紗英はほっとしたように息をつき、それから目を輝かせて言った。

「中学生の時、一度だけ、ここに来たことがあるわ」

ぼくにとっても忘れることのできない想い出だ。転校した最初の日、友だちが一人もいない心細いぼくを気づかって、紗英がぼくの部屋までついてきてくれた。

そこで「若葉のころ」を演奏した。

「信じないでしょうけど……」

紗英が続けて言った。

「笹森くんが転校してきて教室で挨拶した時、もうあたしは、あなたのことが好きだったのよ。あなたはとても心細そうな感じで、見ていられなかった。でも誠実で、芯《しん》の強い人だと思った。何よりもあなたの姿を見ているだけで、心がふるえて、どきどきした。この人と出会ったのは運命だと感じたわ。それで思い切ってこの部屋までついてきたんだけど、ちょっと大胆だったかしら」

中学生といえば、もはや子供ではない。親のいない家で二人きりになるのは、確かに大胆な試みだったのかもしれない。

ぼくたちは、ギターを弾いて、歌を歌っただけだった。

いまぼくたちは、クリスマスツリーを小さく感じる、本当の大人になった。

今夜、この部屋で二人きりですごすのは、ぼくたちの人生の、貴重な記念日になるだろう。

でも、夜は長い。

「今日、父からもらったノートだ」

ぼくはノートをテーブルの上に置いて、一ページ目を開いた。

最初の曲は、童謡だった。タイトルの横に、ヒカルに、と書いてあった。

放浪の旅の途上で、父は、ぼくのことを考え、このノートをつけ始めたのだ。

「歌ってみよう」

ぼくはギターを手にとった。

適当にイントロをつけてから、コードを弾く。

シンプルな言葉と、きれいなメロディーが胸に響く。

横からノートをのぞきこんでいた紗英が、途中から声を合わせて歌った。

ノートに書かれたすべての曲を歌い終えた時、涙が止まらなくなった。どの歌も、穏やかではあるが、信じがたいほどピュアで、歌っているうちに、胸が熱くなるようなものだった。

父は一度、挫折をして、絶望をかかえながら旅をしていたはずだった。それでも、こんなに美しい歌を作り続けていたのだ。

ぼくはギターを置いた。それから、そばに身を寄せている紗英の手を、強く握りしめた。

「音楽が好きだ。音楽を仕事にしたいと、ずっと思っていた」

こみあげてくるもので息が乱れそうになるのを、せいいっぱいこらえながら、ぼくは紗英にささやきかけた。

「プロとして活動する自信はなかった。綿貫さんのような裏方の仕事でもいいと思っていた。いまでも自信はない。けれども、このノートを見て、決心がついた。ぼくはソロの歌手としてプロを目指す。オリジナルの曲を持続的に作っていけるか、不安だったけれど、父のノートに励まされた。自分のペースさえ守れば、ぼくだってやれる」

話しているうちに、元気が出た。ぼくは紗英の顔を見すえた。

冗談の口調で、ぼくは言った。

「父は曲が書けなくなって、挫折をした。ぼくは自分もそうなるのではと不安だった。でも、心配は要《い》らないよ。このノートがある。作曲が行き詰まったら、父の曲を歌えばいい。これだけのストックがあれば、気持ちに余裕がもてる。どの曲も、ぼくは好きだ」

そこまで話した時、不意に、中学生のころのことを想い起こした。

杉田と二人きりで話していた時のことだ。ぼくの父が歌手だったと知って、杉田は歌集を取り出し、父の曲を歌ってみようと提案した。ぼくが拒否すると、杉田は言った。

「おまえの気持ちはわかる。しかしいつか、おやじの曲を、楽しみながら歌える日が来るかもしれない」

その時は、そんな日が来るとは思えなかった。けれども、杉田の明るい言い方に、励まされる思いがした。

今夜、ぼくは生まれて初めて、父の曲を歌った。

そして、とても幸福な気持ちになっている。そのことを紗英に話さずにはいられなかった。想い出を語り、杉田の言葉に励まされたことを告げると、紗英の目に、みるみる涙が浮かび、あふれ出した。

一瞬、息が詰まるような思いがした。

紗英と杉田が本当はどんな関係なのか、ぼくは知らない。二人は幼なじみだ。そのまま親しい友人としてつきあっているのか、どこかで大人の恋人のつきあいになったのか、ぼくは考えないようにしていた。でも、ただの幼なじみだとしても、紗英が杉田の心の支えであり、紗英が杉田のことを心にかけていたのは事実だ。

ぼくが不用意に杉田の名を口にしたために、紗英は杉田のことを想い出してしまった。

杉田の想い出は、紗英にとって、負担だったかもしれない。

今夜の、紗英とぼくの幸福は、杉田のことを忘れることによって、かろうじて成立する、危うい綱渡りのようなものだったのだ。

ぼくたちはしばらくの間、黙り込んでいた。

「紗英……」

とぼくは言った。

心の中で、何度、そんなふうに呼びかけたかしれない。けれども、実際に紗英に呼びかける時は、中島さん、としか言わなかった。名前を呼んだのは、いまが初めてだ。

「ぼくはきみが好きだ。ずっと好きだった。必ずきみを幸せにする……」

だから、今夜だけは、杉田のことを忘れてくれ。心の中では思っていることを、声に出すことはできなかった。

紗英も、同じことを思っていたはずだ。

ぼくの声が途切れた瞬間、紗英は反射的に、ぼくの肩にもたれかかった。それから、手を伸ばして、自分から抱きついてきた。

ぼくは小柄《こがら》な紗英の体を、壊れ物でも扱うように、やさしく抱きしめた。

翌日から、ぼくは大学に戻った。それまでも練習の合間を見て時々は出席していた。三年生の後半になれば、就職活動が始まるので、ある程度の欠席は許される。レポートを書き、試験も全部受けた。たぶん四年生に進級できるだろう。

卒業までがんばるかどうかは決めていない。

期末試験の直後から、ぼくは練習を開始した。綿貫さんのバックアップで、ソロ歌手としてデビューすることが決まっていた。

最初のシングルCDは、ぼくのオリジナル曲だが、同時に発売されるアルバムの中には、父の曲を入れることになっていた。

紗英はNGOのアルバイトを続けていたが、来年は正式に職員として採用されることが決まっている。

杉田は休学の手続きをとって、春休みに、アフリカに出発する。

出発の日は、紗英といっしょに、空港まで見送りに行くことにしていた。

その出発の日の前日に、杉田から電話がかかってきた。

日本での最後の夜は、自宅で両親とすごすことになるが、夕食に同席してくれないかと言う。家族水入らずで食事した方がいいのではと思い、辞退しようとすると、強い口調で杉田は言った。

「母親が泣いたりすると、しめっぽくなるからな。おまえがいてくれると助かる」

しめっぽいことの嫌いな杉田の性格がわかっていたから、ぼくは承諾した。

杉田の家に行くのは久しぶりだった。中学のころは毎日のように通っていた杉田医院だから、懐かしさを覚えた。

静かな食事だった。杉田の両親は、何かを恐れているかのように、口数が少なかった。杉田は何度も海外に出ていたが、今回は長期の滞在が予定されていた。アフリカの奥地まで行くので、両親としては心配なのだろう。

母親の手料理だった。父親は酒を飲んでいた。飲まずにはいられなかったのかもしれない。穏やかで口数の少ない人だったが、酒が入ると、急にしゃべり始めた。

「笹森くんは、子供のころから、音楽一筋と決めていたんですか」

問われたので、正直に答えた。

「音楽でやっていけるかどうか、いまでも自信はないのですが、ぼくは勉強もスポーツも得意ではなかったから、音楽しかなかったのです」

「春樹はサッカーが得意だったな」

父親は杉田の方を見て、目を細めた。

「サッカー部に入ることを、わたしが禁じたんですよ。いまでは後悔しています。やりたいことをやらせてやればよかった」

父親は寂しげに笑った。

「子供のころにやりたいことをやっていれば、大学に入って迷うこともなかったかもしれない。親としての責任を痛感します。息子が人生に迷っているのを見るのは、親としてはつらいものですが、こちらの責任だから仕方がない。ただ春樹も悩んだ末に、自分で決断をしてくれました。帰国したら、医学部を受験すると約束してくれました」

父親の顔がほころんだ。酒の勢いもあるのだろうが、杉田の肩を叩《たた》いて、声を高めた。

「長い人生だから、四年や五年の遅れは、気にかけることはない。べつにこの医院を継いでくれなくてもいいんだ。おまえがやりたいことをやってくれれば、父親としては満足だし、息子を誇りにも思える」

「まあ、長生きしてくれよ」

杉田は明るい声で言った。

「医者になっても、アフリカの病院で働くかもしれない。中年になったら、日本に戻って、この街の人のために働くさ。それまではおやじががんばってくれよ」

明るくふるまってはいるが、杉田自身、まだ悩みをかかえているのだろうと思った。両親も、心配しながら、それでも息子の旅立ちを、励まそうとしている。

いい家族だ、と思った。

中学のころ、杉田医院に来る度に、この両親を見て、うらやましいと思っていた。いまは、ぼくにも父がいる。母とも和解したし、おまけに綿貫さんがいる。

それでも、この両親は、温かくて、立派だと思わずにはいられなかった。

いままで黙っていた母親が口を開いた。

「中学のころは、三人でいつもギターを弾いていたわね。あの中島さんって女の子、ご家庭もしっかりしているし、いずれは春樹のお嫁さんになると思っていたんです。大学も同じだし、仲もよかったはずなのに、春樹は勝手に、つきあうのをやめてしまったようなんですよ」

事情を知らない母親の言葉は、杉田を傷つけたかもしれない。ぼくは息を詰めて、黙り込んでいるしかなかった。

杉田が笑いながら言った。

「おれは冒険をしたいんだ。当分は一人で生きていく。紗英のめんどうは、笹森が見てくれるさ」

母親は目を丸くして、ぼくの顔を見つめた。杉田の話しぶりが、冗談みたいだったので、本気にはしなかったようだ。

酔いが回ったようで、父親は二階の寝室に上がっていった。母親は台所で後片付けをしている。杉田とぼくは、応接間に入った。

懐かしい場所だった。あのころと同じように、ギターが並べてあった。本棚の文学全集も昔のままだ。楽譜も揃《そろ》っていた。

ソファーに座った。杉田は井戸掘りのことをしばらく話していた。ぼくもソロとしてデビューするプランを少し話した。やがて、会話が途絶えた。

重苦しい沈黙が、部屋を包んだ。

この部屋にいれば、いやでも、三人でギターを弾いた想い出がよみがえってくる。杉田は、今日の夕食会に、紗英を呼ばなかった。中学時代、毎日、三人で練習していたことは、両親も知っていたから、紗英を呼んでもよかったはずだ。杉田は紗英を避けている。そのことが、わだかまりになっていた。さっきの母親の言葉も、杉田にとっては、耐えがたいものだったはずだ。

明日になれば、紗英も空港に行く。いやでも紗英の顔を見ないわけにはいかないのだが、今夜だけは、杉田もぼくも、紗英のことを話したくなかった。

杉田が立ち上がって、ギターの方に手を伸ばした。

「何か、やらないか」

「いいね」

ぼくもギターを手にとった。不意に、涙があふれ出してきた。

杉田が楽譜のページを開いた。

「これをやろう」

サイモン&ガーファンクルの「旧友」だった。杉田と最初に演奏したのも、この曲だった。

杉田がイントロを弾き始めた。流れるような演奏だ。腕は少しも衰えていない。

ぼくはコードで伴奏をした。

旧友が公園のベンチに座っている。まるでブックエンドのように……。

杉田が歌い始めた。ぼくも控えめに声を合わせた。

かつて親友だった老人が二人、紙くずが風に舞う、世の中から忘れ去られた公園に、ブックエンドのように並んで座っている。いつかぼくたちもそんなふうになるんだろうか。七十歳になるって、どういうことだろう……。

最初にこの曲を、いっしょに歌った時、ぼくたちは中学二年だった。あれから、ずいぶん時間が流れた気がする。それでもぼくたちは、七十歳になったわけではない。ぼくたちが老人になるためには、まだ長い年月が必要なのだ。

演奏が終わった。しばらくは静けさが続いた。

拍手の音が聞こえるように思った。あの時は、わずかな静けさのあとで、かたわらで見守っていた紗英が、声をあげた。

その声が、いまも耳もとに残っている気がした。

三田誠広の本

いちご同盟

高校受験と自分の将来に悩み、死さえ考えた良一。野球部のエース徹也を通じて、不治の病の少女・直美と出会い、生きる勇気を知った。15歳の少年が見つめる愛と友情と死……。

集英社文庫

三田誠広の本

春のソナタ

見えない明日に揺れ惑う17歳の分かれ道――。バイオリンの天才で、大学進学をめぐって悩む高校生の直樹。だが、美貌のピアニスト・早苗に出会って、彼の心に変化が起き始める……。

三田誠広の本

星の王子さまの恋愛論

ベストセラー『星の王子さま』は、切ない恋の物語だった。作品に込められた愛のメッセージを、人気小説『いちご同盟』の三田誠広が読み解く。王子さまが教えてくれたのは、本当の人の愛しかた——。

集英社文庫

三田誠広・ワセダ大学小説教室シリーズ

天気の好い日は小説を書こう

これを読んで小説家になろう。早大文芸専修での講義を基に、小説を書くための実践的な方法を具体的に綴った1冊。この教室からは、新人賞受賞者を輩出している。3部作第1弾。

集英社文庫

三田誠広・ワセダ大学小説教室シリーズ

深くておいしい小説の書き方

集英社文庫

「ワセダ大学小説教室」第2弾。新人賞応募のコツと諸注意から、本物の小説家になるための具体的指針まで小説作法の奥義を伝授。多くの新人賞受賞作家を送り出した名物授業。

三田誠広・ワセダ大学小説教室シリーズ

書く前に読もう超明解文学史

大好評シリーズ「ワセダ大学小説教室」完結篇。時代状況に即した現代のテーマを選定し、刺激的で新しい小説を創造しよう。さあ、君もこれを読めばベストセラーを書く日は近い。

集英社文庫

集英社文庫

永遠《えいえん》の放課後《ほうかご》

2006年6月30日　第1刷
2007年6月6日　第5刷

定価はカバーに表示してあります。

著　者　三田誠広《みたまさひろ》

発行者　加藤　潤

発行所　株式会社　集英社
東京都千代田区一ツ橋2-5-10　〒101-8050
電話　03-3230-6095（編集）
03-3230-6393（販売）
03-3230-6080（読者係）

印　刷　図書印刷株式会社

製　本　図書印刷株式会社

フォーマットデザイン　アリヤマデザインストア　　マークデザイン　居山浩二

ISBN978-4-08-746052-0 C0193